完整愛情富成果

（上）

曾結儀（婧的公主） 著

讓我為您送上「愛的禮物」，你們要懂得「愛」的真正價值。

你能在愛情關係中有所成長——

或許你會感謝那個他／她願意陪你體驗戀愛滋味，

或許你經歷過最刻骨的愛情傷痛，當你願意放下過去一切，

重新學習「如何愛好自己」及「愛你的靈魂伴侶」，

等待新的遇見時，過去所有的經歷，都變得成功，值得慶祝！

一等人忠臣孝子
二件事讀書耕田

恩師　家偉 字

致所有愛閱讀的您：

我們喜歡閱讀，喜歡捉緊實體書，
可以捉緊摸起實體書中這本黃金屋，
是我最大的精神糧食。

正因如此，香港在第四波，第五波新冠肺炎爆發的時候，
我爭取時間寫書，我成為了作家。
我期望讓更多人喜歡閱讀，謝謝您們喜歡閱讀。

目錄

Part 3：我擁有「成全自己」的膽識

Part 4：種好愛情樹結出富成果

Part 5：再見過去迎接新關係

Part 6：愛情曼陀羅

後記：關於作者

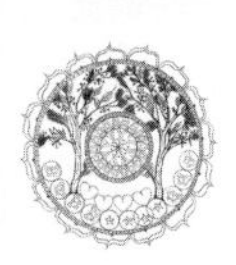

推薦序（一）

天下為公，知識扭轉命運。

讓我引用清朝大學士紀曉嵐先生的名言：「一等人忠臣孝子，兩件事讀書耕田」作為我的推薦序，祝我女兒更具影響力，成就更多人，創造有愛平等的大同世界。

1950 年我跟父親來到香港，只有五歲，我要適應新的生活。家裏很窮，爸爸沒有辦法供養我讀書，只可以請求鄰居的大哥哥教我 26 個英文字母和簡單的算術。

曾氏一家承傳「忠臣孝子，讀書耕田」作為家訓。爸爸常常跟我說：「我沒有出息，辛苦帶你移居到香港，我們的生活仍然很窮。爸爸在外國人家中當修鞋匠當司機，媽媽靠雙手用縫紉機幫有錢的大姑娘修改美麗貼身的裙子，無論修改得有多漂亮，媽媽都是穿著別人破舊衣服。自小你就學懂做飯煮菜，讓爸爸媽媽下班後可以吃飯，早些休息。我們是平凡的窮人，孩子，你知不知道我們憑什麼可以扭轉命運？」

「憑的是努力讀書，靠的是自己那份堅持和自信。自古到今，十年寒窗苦讀，蘇軾成為翰林學士，禮部尚書；曾國藩成為極具影響力的文學家，愛迪生經歷無數失敗後，發明了電燈。用心努力讀書的人，考取功名就前途無限，最重要是脫離貧窮。」

「知識改變命運，曾氏的子孫一定要爭氣，我們的下一代不可以再做修鞋匠，要擁有富人的思維，積極向上，好好讀書考取第一，將來升官進爵有望……」

爸爸的教導，我從爸爸口中聽了無數次，每次我有機會讀書我就努力去記好，我明白在社會上有很多人看不起我們窮人，覺得我們平庸，沒有太大出息。別人怎樣看自己不重要，最重要是我看得起我自己。我要咬緊牙關，為未來去苦幹。

36 歲的我經過多年的努力，我成為了一位商家，以前我窮，沒有錢，好幾次想求婚也沒有信心，我心愛的女人跟我表明：「你太窮了，我怎能嫁給你，我一生受苦。」

現在我成為商家，我有錢有信心養活我心愛的女人。我的女人為曾氏誕下三個寶貝女兒，男孩可以把他當成大鵝天生天養，女孩就要把她當成天鵝般富養，投入的成本及心思也是值得的。因為女兒是爸爸的貼心小情人，曾氏一家有好多小情人。

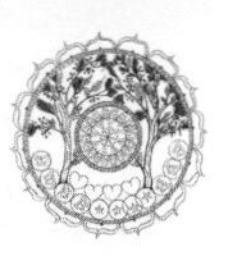

作者是我的第一個小寶貝，所有的父愛都付出給她。自小教導她要愛讀書，成就他人，我們用盡全力給她最好的生活，最好的教育，期待在我的栽培下，可以找到世上最奢華的東西：書中自有黃金屋，以字為衣冠，以書為食糧。

爸爸為她作寫了一首姓名題詩：

曾家幗志凌雲天，結朋交友寫新篇，

儀表高雅天賜福，巾幗之才四海連。

三位小公主是我一生的驕傲，時至今日，我的三位小情人長大了，大女兒成為了女作家，二女兒成為了醫學化驗界女碩士生，三女兒成為了著名的藝術設計師，祝我的三位寶貝：展現生命中最燦爛的光彩，開心快樂渡過每一天。

爸爸

推薦序（二）

「既然時候到了，我看就不要等待下一次機會，所以……『你願意嫁給我嗎？』」

早在一年多前，我已經不停在搜集資料和籌備，戒指、鮮花、美味的食物和場地，還有咱們才懂的紀念信物。

雖然過程沒有按照我心目中的完美劇本進行，但那一天晚上，我把握了更合適的時間和地點，自然地跟她求婚，那一夜我確是造了個好夢。

第二天，我收到邀請為一本「關於愛情創傷故事」的書寫序言，我不加思索地應承了。這是一種緣份，可以把自己的喜事，回向給各位受過創傷的人，給大家祝福。

婚姻是彼此努力的成果，也是一種開始，能夠一起走下去，是願意和能夠彼此努力付出的人，而不是單向索求對方為自己付出愛或資源的人。

作者本身也是一位「愛情創傷過來人」，她曾經努力地走

出了自己的創傷。無論男或女，都可以有愛情創傷的經驗，這方面不分男女，非常公平。

而面對創傷，很多人說要放下過去，可是具體是怎麼放呢？

我的工作是心理咨詢及教學，多年來接觸的情傷個案實在不少，談到情感創傷和復原力，我注意到很多個案在創傷過後，會因應個人成長背景，而產生偏見信念，抱持著這樣的信念，他/她並不會走出創傷，甚至只會在這偏見下重複受傷，然後再次加強這偏見信念。

像我的一些個案會這樣說：

「點解男人都係用下半身思考？」、「全部男人都係渣男嚟？」、「係咪女人都係咁絕情？」、「個個女人都咁貪錢？」

他們都把自己的想法，放大至所有範圍了。愛情創傷後，有人產生了偏見，有人卻得到了智慧。也有人以為自己已走出創傷，卻終日屈屈不歡。

如果你也曾經受了愛情創傷，現在想走出痛苦，可以先試著破除舊有的偏見，真實地相信自己會過得充實和美好。

祝福仍在創傷中的讀者，活得美好。

-HKITC 新時代靈感課程講師

Helmut Chan

推薦序（三）

每一次遇見街上路過的情侶，都是那麼甜蜜和幸福，其實我早已習慣了徘徊在孤單獨處，羨慕軟弱堅強着。

每一次的大膽冒險嘗試和那個對的他開始戀愛，就算最後受傷了，也不會再有委屈的淚光。對於每一段感情關係，感謝那個他願意相信和我一起總會有幸福，感恩他願意和我一起，鍛煉如何去實踐「愛與被愛。」因為我相信，我的靈魂，在世界的某一個角落，總會有一個靜候我愛護我的人，我就像長了一雙強硬的翅膀，飛上天上，飛過雲層，飛過孤單，飛到真理禮堂，帶我去看看美麗的太陽和夕陽，其實每一天早上，有不同的變化。

因此，我的愛情美夢期待十年後開花結果了，這也讓我「活在愛中」，這樣一生的追逐，值得現在飽受孤單挫折的我繼續去堅持向前行，一生中鍛煉什麼叫「愛」。正如本書作者所說：「只要你相信，你一定可以擁有童話中的幸福快樂，一定能夠遇上真愛。」

NLP 身心語言程式學導師

李瑞蘭

推薦序（四）

最好的愛情就是能夠成就彼此

我想愛情這個話題，永遠是我們一直探索和追尋的話題。面對情感，每個人有自己不同的觀念，但在我的世界，我覺得最好的愛情便是能夠成就最好的彼此。

我們都知道，面對情感，雖然我們知道要留一點空間給對方，留一份自我給自己，這樣才能讓愛情保鮮，讓它處在彼此吸引的狀態。但，往往我們沉溺於一份感情的時候，這過程所發生的一切，往往是我們無法用理智去駕馭的。所以，即便你知道什麼樣的情感相處是最好的，往往你也很難去真正做到。特別是在那對情感過於依賴的年紀，你不但做不到，還會在不知不覺中將自己想要的愛情劇本賦予其中，你強迫了對方，也為難了自己。

心理學，最好的愛情模式，是彼此需要

那麼，到底什麼樣的愛情模式才是最好的呢？心理學家給出了答案，在感情中有這樣一條恆定的規律，由「需要與被需

要」衍生而來。在愛情中做到彼此需要，那麼很多問題便會迎刃而解，彼此的關係會越來越穩固，愛情才會細水長流。

EVO156 Co-ordinator

Maggie 吳焯瑤

推薦序（五）

作者阿 kit 從 2021 年開始出書，今年是她第二次出書。她是一位實踐家，從她告訴我今年要再寫書開始，我看到她十分堅持，不分晝夜，一定要完成作者夢。這本書的愛情創傷故事反映現實情況，本書宣揚男女平等，主張維護女性基本權益，我支持她繼續完成她的夢，走得更高更遠，期望每一位看完這本書的人，都能得到部分愛情智慧。

譚偉成

企業家

推薦序（六）

支持作者以實體書創作，支持宣揚男女平等，尊重女性十分重要。

恭喜受了愛情創傷的人，你要鼓掌歡呼慶祝，你又累積多了一次愛情經驗，在尋覓真愛的道路上，你又學習多了數個技巧：如何表達愛人及接受被愛，你又再靠近真愛的道路了，繼續笑着向前走吧！

祝大家能擁有蜜糖般美好的遇見。

利 Sir

教育界記憶法專家

推薦序（七）

培養青少年的情感智商比成人更重要，在男女關係上沒有對與錯，只有虛心或是真心，作者花了九個月時間，訪問了很多受愛情傷害的人及故事，書中寫出的故事正是愛情風暴的精華所在，前車可鑑，祝福各位閱讀完此書之後，可以作為借鏡，為自己種好種子，結好愛情。

Anson 張浸權

成長心理學講師

作者序言：愛情智慧

其實我只是一個平凡的女性，只是經歷及學習多了，使我成長，我擁有自己的夢想，致力研究兩性關係，我是一位愛情婚姻情感科的繪畫分析師，也是香港某機構婚外情熱線的義務工作者，我開創了「甜．點．樂」身心靈放鬆療癒工作室，透過心靈圖卡及繪畫分析療癒受情感傷害的人外，促進男女平等是我的使命。

自小我受到父母寵愛，我有「公主命」，嬌生慣養，不用我做家務，只需要我讀好書，父母培育我成材，讀書多了，我捍衛女性的尊嚴，宣揚男女平等。

正面看「公主」，是一位甜美柔弱的女性，陰暗面看「公主」，是一位潑辣強悍霸道的女性。

無論怎樣看待「公主」，很多女生自小看公主故事，令女生在愛情中都期待有一個公主夢，公主式的愛情。

公主式的愛情並沒有錯對，只是你挑選的王子適不適合你，

可否滿足你的公主夢。如果那位王子未能滿足你的公主夢，請你放下他，繼續去尋找真愛。

本書的愛情創傷故事，全部都是真真實實的故事，發生在現今愛情關係裏，有很多畫面及情感難以表達，我會邀請他們抽抽心靈圖卡，畫畫圖畫，去顯示內心所想。

每一位受情緒受創傷的人來到我的心靈工作室，哭訴他們的情況，我細心聆聽，陪伴他們，為他們捍衛自身的尊嚴，捍衛屬於他們對愛情的夢不要夢碎，捍衛他們的內心使之平靜，放下，人生得以重新開始。

在感情的世界裏，由於部分女生比較柔弱及感性，感情上遇到大事發生，可能不知如何處理，所以大部分受傷害的都是女性。

女性，從來不是受害者，從不願意做受害者。其他女性朋友看到她們受傷害的遭遇，都會挺身而出，幫助她們。

在整個療癒過程中，最難做到的是邀請她們放下過去，這需要時間淡化，就是最好的證明，兩三年之後見到她，你會見到一個重生的她。

我相信每位經歷愛情創傷後重新振作的人，會擁有許多關

於愛情的智慧，沒有受過愛情傷害的人，我期望你們看完此書的真實故事內容後，能夠有所領悟。

在愛情裏，做一個有愛有智慧的男人女人。

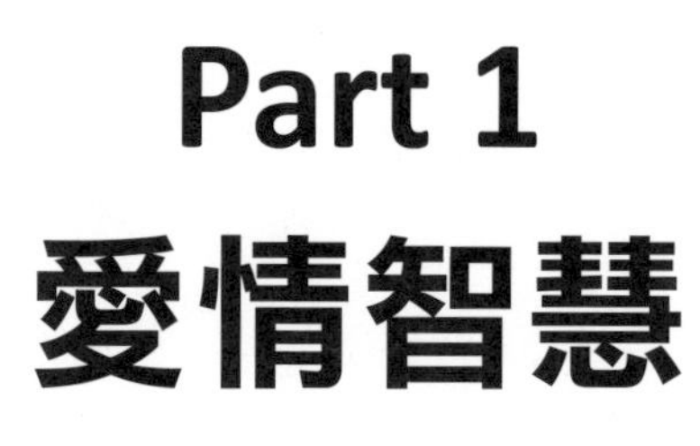

Part 1
愛情智慧

當你相信，整個宇宙會給你最好。你要的是真正愛你一生的人，你要的是承諾於你，無論如何都願意與你共度人生甘苦甜樂的人。

相信就是力量，也是開始。

你值得相信愛情！

值得定律

每個人心中都有一把秤，如何去量度什麼值得，什麼不值得，人人都不一樣。

在戀愛的世界裏，需要你付出心力及精力才可以經營好一段關係，你的青春，你的所有時間及心機，就專注地放在這個人身上，這是你現在最好的選擇，也是你現在最正確的選擇。如果遇上背叛就失去了承諾的重要性，是對方失信，違反諾言，可能你一次又一次地發現證據，然後一次又一次地包容，安慰自己「這不是真的」，你有沒有發現你變得很卑微，失去自我？相信自己的第六感及事實吧！這些已成事實，很可能是對方慢慢退後，怕你受不住，沒有說出任何說話，任何行動，可能他只是等你知道，讓你提出分手的決定。

可能你自我欺騙，他不會這樣傷害你，事實上他沒有行動改善，沒有回家睡覺，答應你的事又辦不到，甚至你生病了，他連外賣也沒有買回來給你吃，他還真的愛你嗎？如果愛你，就不會這樣敷衍你。

你偷偷一個人哭，差點哭盲了眼睛，他人在哪裏？可能他在外面風流快活，飲酒飲得興高采烈，而你，卻形單影隻地苦哭著，哭完還相信他仍是愛你，就算出軌證據都有了，你仍天真地傻傻地覺得他對你的承諾依舊不變，這是包容他還是委屈你自己？

其實，退一步，站在第三者身份去看這段愛情，已沒有任何承諾可言，因為他已違反承諾。

承諾是雙方堅守的，不是你一人堅守就行。發生背叛的事，他已不能給予你幸福。如果你幸福，你早就幸福了，不用那麼傷心。

不值得太傷心，因為傷心會使你臉容憔悴，猶如老了十年，嚴重也會患上精神疾病，抑鬱症、狂躁症，最嚴重是你不能抽身，因為經歷嚴重傷痛，你不會相信戀愛。

最後你選擇了一個人生活，就是最不值得的選擇。每一個機會成本的背後，代表著還有更多更好的選擇。你選擇了自己孤

單一個人過你精彩的生活，背後你放棄了無數可以幸福的機會，這絕對不值得。

人生可以選擇的東西有很多，遇見的人也有很多，值得的是不妨給自己一個重生的機會，一切往事放下，重撥「歸零狀態」，好好享受新的生活，一個新的你……

往事如煙霧般朦朧，你願意重新選擇，前面會讓出很多路。

你只需要：

1.「停」下來，讓自己停止任何念頭

2.「望」清楚前面的路

3.「選擇」哪一條是你覺得最正確

4.「行動」一步一步向前走，走向未來幸福的路

你要百分百相信，這個事實會發生在你身上，

當你相信，整個宇宙會給你最好。你要的是真正愛你一生的人，你要的是承諾於你，無論如何都願意與你共度人生甘苦甜樂的人。

相信就是力量，也是開始。

你值得相信愛情，

值得定律是「把值得做的事，做好它」，

堅守你的信念：「選擇你愛的人，愛你所選擇的人。」

我視自己像珍寶鑽石般看待

愛情就像人類需要空氣，無形卻存在著，也像老鼠鍾情於大米，越吃就越喜歡吃，越愛就越懂如何愛。

其實每個人心中都藏著一個愛你的人及你愛的人，特別是當你聽到他的聲音，就被那溫柔的磁性聲音緊緊吸引著，這是十分特別的感覺，讓你不斷回想不斷回憶他那俊俏的臉孔，深情的眼睛，粗密的眉毛，高高的鼻樑，超有營養烏黑的頭髮，健碩的身材，特殊的體味，只要你靜靜地看著他的瞳孔，就會看破他有無盡的溫柔與等待，底蘊藏著一個情深深，忠誠於你的簡單男人。

他的名字叫何奇楓，

她的名字叫敖正婧。

而當你看到她堅挺的胸部，結實的臀部，迷人的面孔，天

生皮膚白滑如絲，淡粉紅色的唇，長長的眼睫毛，纖瘦的身體中帶著一種永不放棄夢想的堅強。

看著她每天為大小事務，幹著人生精彩，你會勇敢地保護她，照顧她，讓她感到被愛的幸福，甜蜜的溫柔。你會想方設法地讓她永遠做一個屬於你的女人，抱緊在懷裏，讓她做屬於你的幸福小女人，你負責富養她，她負責貌美如花，彼此幸福快樂地渡過一生，何奇楓心裏默默地承諾：這個愛情幸福理想必定要實現！

他們相識相見相知相擁了，何奇楓的大手緊握著敖正婧的小手，有着無數的溫柔，就像小船停靠在碼頭，靜靜地浮在岸邊，有無數的安全感，此岸跟彼岸相連緊扣着。

正是他，拖著我的小手，帶領我走上岸上，開展屬於我倆的人生風彩。楓說：「不管未來有多少風風雨雨，我都會抱緊著你，陪著你走過無數春夏秋冬，每刻我都想著你，遇上意想不到的煎熬我也不怕，我只會努力讓你感到幸福。」

愛情要經得起時間考驗，為了實踐他們彼此的承諾能夠兌現，他們常伴在一起，更多時間了解對方。楓邀請婧到家中享受晚餐，這是楓第一次為婧做的晚餐，有羊架伴薯菜，黑椒豬手，

還有婧最喜愛的心太軟朱古力蛋糕。

他們在浪漫的燈光下吃過了豐富的晚餐，楓主動親吻婧軟軟的唇，婧感受到楓想進一步，輕輕推開了他，溫柔地跟他說：「我們談戀愛的時間很短，愛情需要時間深入了解及經歷，記得大學四年班畢業前夕，班主任陳老師刻意安排跟女同學上了愛情智商教育課，當女生的我們，擁有千金之軀，皮細肉嫩，身驕肉貴，我發過誓，我視自己像珍寶鑽石般看待。」

楓收起了衝動，好奇愛情智商教育課當中是什麼內容……？

明示暗戀放下補習社

老師視女學生為自己的女兒，作為情感輔導會的主任，處理過無數關於「前任」的個案，有些對前任憎恨，以至憎恨全部人，有些人分手後，情緒困擾一傷不起，也有些人放下前度，擁抱自己，繼續走人生美好的下半場。無論怎樣，都是選擇。

真正的放下，不是每個人都可以輕易做到，所以有一句話道出真理：「成道需要放下，放下需要修行」。如果悟出這句話的大道理，那你的人生就有著豐盛的意義。

前度是一個既熟悉又陌生的名字，他給予你最好同時也傷害你最深；他陪伴你走過最青春的人生，也令你的人生有著遺憾；他曾是你的最愛，也是你最可恨的人；他既做出種種的溫柔的小事，又做出種種絕情的大事。

你既愛他，又恨他，曾經的山盟海誓原來是他的謊言，曾經的緊緊擁抱背後埋藏背叛的陰謀，曾經的快樂原來包括其他人，曾經相信最終受害……

這一切一切，都是同時存在，有承諾就有背叛，有愛就有恨，有用心就有絕情。當你看懂了以後一切，就會有所領悟，重新出發再次相信愛情，要選正确的人，跟他談戀愛。

我們就像珍寶鑽石黃金般珍貴，我們必須好好保護自己，愛自己如最愛你的人愛你一樣。愛你的人其實有很多，並不是只有他一個。平日父母、祖父母、兄弟姊妹、好同事、好同窗都會對你付出愛與包容，被愛的感覺是從小到大，從父母長輩中吸收被愛的能量，當愛足夠了，你就會感到溫暖及安全，開始去愛別人。

時間跟結果形成相互關係，最終答案會出現。一個愛你的人，無論如何都會在你身邊守候，一個不愛你的人，大話連篇，說完就逃跑了。

愛情這東西，往往都會令人盲目，因為太甜美，所以令人明知故犯。用時間及經歷去證明他是否真心還是別有用心，有了磨練及考驗，才知道這是否屬於真正的愛情。

真愛需要兩道橋樑及雙重認證

真愛需要雙重認證，如果通過了，是否代表一生一世都會幸福歡悅？萬一到了需要分手，需要放手，為了好好愛自己，讓自尊留在自己身邊，你會不會真的願意放手呢？分手，有人說一次就可以分手，有人說了無數次也不能分手。

我問你，那些年，如果你堅持咬著無論對方有多壞，也不放手，會不會令那個他重新牽起你的手，陪你走去未來。

其實，你有細心留意，當你提出分手，他的心會痛，面上有淚光。畢竟，他愛你才跟你一起，也因愛你才跟你分手，底子裏他隱藏著他最大的弱點～～不敢百分百承擔你和他的將來，不相信他有能力可以給你最好。

分手的原因，不需再考究，可能與你無關，不需自責，如

果是真愛，需要經歷人生的起跌後，仍相愛在一起。

真愛的保證，一是要「互相承諾」於對方，無論高低風高浪急，也要一起經歷。二是「實踐」，熱戀後一切歸於平淡，平淡的生活中，一切可能是柴米油鹽，面對平淡，如何一起吃苦又享受這種樂趣，如何一起訂立共同目標，邁步向前？這都需要有良好的溝通。

兩道橋樑是「信任」及「尊重」，彼此信任能令雙方和諧，包容相處，有時候可能要外出公幹或應酬夜歸，少不免忽略另一方的感受，如果有信任，一個電話一個眼神一個擁抱，就是一個有形的支持，支持對方去達成自己的目標和夢想，彼此心有靈犀，會心微笑。

尊重，是尊重對方的選擇。凡事意見不符，容易產生對立狀態，最終傷害了感情。別人的人生，別人主導，互相尊重十分重要。

在感情的世界裏，沒有對與錯，只是大家的選擇是否一致。記住，別人是別人，別人的人生由別人掌控，正如你的人生，也是由你掌控。你的人生越精彩，就會影響別人也跟你一起學習精彩。

物以類聚，人以群分，信任和尊重在感情智商上佔一席位，兩道橋樑是成功的法則，終身受用。

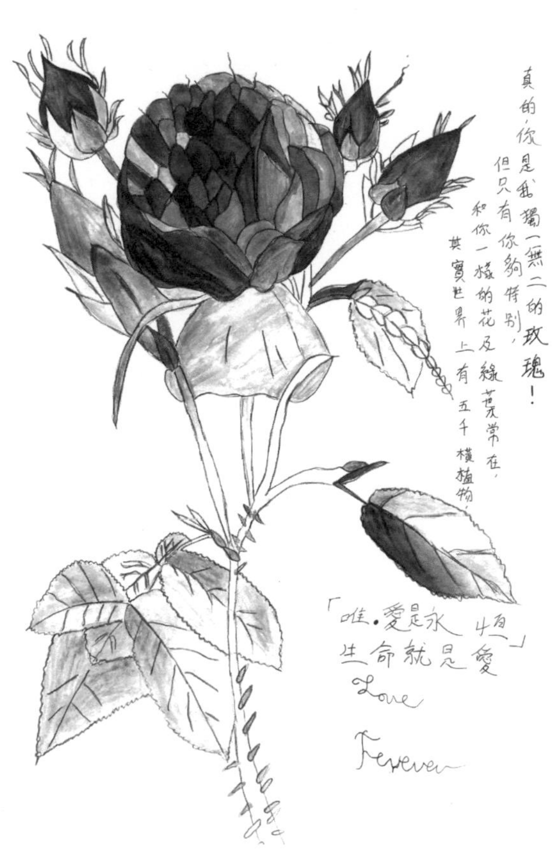

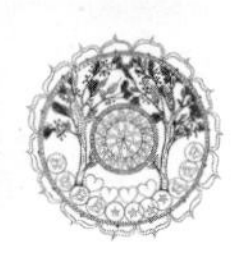

要愛你，就要更親密

當一個人獨處，要好好善待自己，兩個人一起，就要善待對方。戀愛需要勇敢表現出來，除了彼此互相同步，向目標前進外，還有一種屬於彼此二人世界的「私人事」。

因為對方愛你，所以有一種常見最親密、最激情、最有承諾感的要求～～我要愛愛，因為要愛你。

願意說「我愛你」三個字，表達了深深的愛意，也是最感動的時刻。

「我也愛你」四個字，好好地回應了對方。

愛除了有心靈上親密的基礎外，還需要有肉體上的親密，才是達到「身心合一，言行合一」。

很多男人都跟你說：「有愛」就立即可以「愛愛」，可能以

愛為藉口去冒犯你的身體，這行為不是一對初相戀的男女朋友，立即應該做的事，因為心靈受傷的程度非常高。

當一個美人兒願意和最喜歡的人發生親密關係，就代表了她願意將自己整個身體獻給最愛的人，以滿足他的那個原始慾望。同時，男人也將自己身體最脆弱的部分獻給美人兒。

因為有這些崇高的要求，彼此越來越深厚，越來越懂對方。

愛愛是一種付出的關係，承諾把自己最珍貴的東西付出最愛的人，真正的價值在於奉獻最好的自己，做一個付出者去呼喚另一個人對我付出。

愛愛是神聖的，千萬不要因對方的純生理需要而滿足他的慾望，胡亂找一個人去滿足自己，很多人在一夜情過後，擔憂身體是否會染上性病，心靈上殘留了無數自責和羞恥感。

你要愛好一個人，就要愛好自己，就要堅守，好好保護自己及對方身體最私人最神聖的部位。

Part 2
愛情風暴

本章節有六個令旁人心痛的愛情創傷故事，背後收藏着一份純真，對心愛男人的「天真執著」。

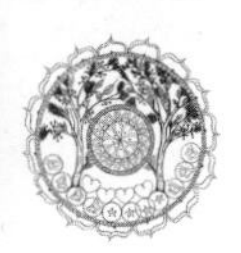

女人，你的名字是強者

重要的話要說三次：

女人，妳的名字是強者

女人，妳的名字是強者

女人，妳的名字是強者

六個令旁人心痛的愛情創傷故事，背後收藏着一份純真，對心愛男人的「天真執著」。

♡故事 1：騙色騙財騙初夜

詩妍是一位清秀活潑的女大學生，喜歡文學，閒時會踢踢足球，是一位好動恬靜的女生。她擁有令人羨慕的無限青春，對愛情有憧憬，期待美好的愛情緣份種子降臨在她身上。

在某一次國際足球比賽中，她認識了一位加拿大籍的足球教練 Barry，26 歲的 Barry 年輕氣盛，擁有健碩的男模特兒身材，令無數女生鍾情於他，包括詩妍。

Barry 和詩妍一見鍾情，他們有共同的理想，及養家貓。他們經常帶家貓旦旦和蝦蝦到公園玩，或者動物主題餐廳吃特色餐。他們的戀愛故事由貓星人已開始了。

發展一年後，家貓旦旦的身體有先天病，要住動物醫院，Barry 和詩妍很緊張，坐在動物醫院櫈子上守候，Barry 緊張的心無法安定下來，詩妍按著他的手，安慰他要安定情緒。

夜深了，Barry 邀請詩妍在 Barry 家中陪伴他，他住的地方很舒服，裝修得很豪華，詩妍大開眼界。

剛開始戀愛的一年，Barry 對她十分疼愛及尊重，年輕的他們總會有激情的時候，他們互相擁吻，渡過了彼此一生難忘的晚

上，詩妍把寶貴的初夜付出了，Barry 承諾愛她一生一世。

幾日後，家貓旦旦需要出院了，詩妍仍未找到 Barry，先替旦旦交了住院費用。同學告訴她，Barry 教練已經到了美國參加其他足球比賽，租務合約寫上了詩妍是租客，仍未交租金，業主催促她交付租金……

這一刻，詩妍呆定了，她明白 Barry 說的只是甜言謊語，目的就是為了騙她的心，把初夜付出給他及家貓旦旦的數萬元診金費用……

期待美好的初戀，最後原來是一場騙局，騙財又騙色，詩妍十分後悔，不敢再戀愛，父母跟她說：「總要經歷一場教訓才會成長，你還年輕，以後用心去看人。」

♡ 故事 2：輕許承諾，害女人一生背起你的黑鍋

20 歲的阿夢，和一位相貌平庸的男生柏豪談着戀愛，他們都是寫實派，努力賺錢完一個上樓夢，建立一個有樓有溫暖的家。熱戀中的阿夢面色紅潤，陶醉在熱戀中。如果阿夢去參加選美，一定奪得冠軍。她擁有標緻的美貌，儀態柔美，是無數男生的夢中情人。

在一個浪漫滿佈星星的夜晚，阿夢答應了柏豪的求婚，二人終於攜手走向未來的道路。在阿夢爸爸的支持下，他們有足夠的錢買樓做首期，買了一層價值 800 萬的新房子，買樓計劃順利完成，阿夢和柏豪準備婚後生個可愛的寶寶，讓偉大的爸爸更加開心。

轉眼間，已過了半年，在結婚的大日子當天，新郎柏豪遲遲也未出現，律師和各賓客都很焦急，紛紛議論着為什麼新郎不見了。阿夢坐在律師旁身，披著頭紗，靜心等待新郎完成註冊儀式。

新娘子穿起純白色的長尾婚紗，顯得格外清秀，眼睛大大的，長長的美睫毛，是一位漂亮幸福的新娘子。

「柏豪，我知道你一輩子都會在我身邊，我們的未來十分

美麗，你快點到現場吧！」阿夢心裏默默呼喚著……

爸爸走到阿夢耳邊，看似面有難色，「阿夢，你別緊張，聽著，柏豪逃婚了……。」

這場婚禮取消了，新郎沒有出現，新娘子呆若木雞，沒有什麼表情，家人們紛紛討論，為什麼新郎不願意結婚？

一個月後，阿夢最後明白，柏豪不願意結婚的原因，可能是因為害怕未來三十年負擔新樓，失去了人生的「自由」。

這個藉口十分大，阿夢清晰了，他不是真心愛自己，傷心過後，阿夢就要獨自面對供樓的壓力，根據他們每月的工資，如果他們一起供樓，是沒有太大經濟壓力，現在柏豪反悔了，阿夢要承擔起另一半供樓的費用。

阿夢一個人獨自生活，夜深有粗漢子按上門鈴，大力拍門，大聲叫喊：「利柏豪，你欠債還錢，天公地道，你快出來，快還錢吧……！」阿夢嚇得整個人心慌手震心跳快速，雖然如此，頭腦冷靜的阿夢第一次遇到這些情況，她拿起電話，直撥999報警，很快警察把粗漢子拿下，看到門外被灑上溪錢，軍裝警察，便衣警察，還有刑事警察都來了，低頭望着掉在門前寫上「利宅」的鬼附，不禁搖頭，「幸好我沒有跟他結婚……」

弱小瘦削的身軀，毫不服輸的眼神及堅定的意志，阿夢每天做兩份工作，日間做文職，下班後到酒吧賣啤酒，每天吃即食麵，穿同事們的舊衣服，被人欺凌從不反駁，沉默是最好的保護，她知道工作只為了有收入，萬一得罪別人，她失去工作，之後就更徬徨。

阿夢艱辛，捱苦捱了三十年，現在的她，已經 53 歲了，白髮蒼蒼，面上有數之不盡的皺紋，身材肥腫，最近患上抑鬱症，經常失眠，需定時看精神科醫生服藥才可以睡覺。

阿夢接受訪問時，面露純真的笑容，她釋懷地說：「雖然我的人生，因為那個壞男人，而挨着難過死撐的苦日子，我挨苦挨了三十年，同時，也因為那個壞男人，我是家中六位兄弟姊妹中，資產最豐厚的一個。如今我的樓已經贖回，房子的價值也升了，我變得有錢了，我可以不需為錢而工作。

我不會結婚，我不會把我的資產分割給男人。今後我要建立自己的家園，去完成我自己年輕時未完成的夢想。」

♡故事 3：所謂的誓言，只是放屁

年輕的阿蘭，大學三年班已認識阿忠，他們同是文科生，成績優異，因為在同一間補習社補習，互相照顧而產生了愛的感覺。拍拖五年後，結婚誕下一兒一女，很可愛的，阿忠說過蘭只需要在家照顧小孩，養家的事讓他擔當。阿忠遇上了一位賢內助，蘭不單把家庭照顧得很好，幫助阿忠的生意，今年生意的純利也有 30％增長，阿忠阿蘭帶孩子到五星級酒店享用一個豐富的晚餐，慶祝生意增長。

婚姻的道路，彼此互相包容及尊重十分重要。阿忠有了自己的裝修公司，辛勤地工作，養妻活兒，阿蘭也開始忙著打理美容院的生意。

婚姻裏總有意見不合的時間，阿忠覺得阿蘭太投入工作，埋怨嗜酒嗜賭，還欠下一身巨債。蘭為了這個家，迫於無奈天天做兩份工作，獨自擔起這個家的責任。

兒女漸漸長大，蘭發現阿忠藏有第三者，並誕下一個 2 歲大的小孩，十分生氣。

阿蘭強忍着，最終在 45 歲，也是兒子 20 歲長大的時候，

鼓起勇氣，離開這個家，離開了令她心碎的男人。想不到，20年的婚姻，最終有第三者出現，對婚姻忠誠是底線。阿蘭離開以後，孤身一人獨自生活，獨自工作，美容院的生意越做越好，只有阿蘭一個人去應付沉重的工作。百般無奈，每天21:00下班後，她一個人坐在屋苑旁邊的遊樂場，聽著微弱的車聲，望著一個個窗戶開燈關燈的情景，想起曾經我也有一個溫暖快樂的家，一家四口圍爐舉筷吃海鮮蒸氣火鍋。現在一個人，孤單地吃外賣飯盒，因為只有一個人，做太多飯菜太孤單。阿蘭坐在遊樂場的櫈子上，仰望星空，淚水像雨點般，一滴滴滴在阿蘭的胸口上，櫈子下跳出一隻小青蛙，動也不動，每晚在阿蘭的腳下陪伴着她，阿蘭一邊自責為什麼自己有眼無珠，一邊藉著淚水，療癒內心的那份說不出的傷痛……

經歷這一劫後，阿蘭花了兩年時間，每晚坐在遊樂場櫈子上，痛哭一小時，才可以慢慢放下這份傷痛，變成有笑容，有人生目標的人。

53歲的她，依然相信有新的愛情降臨在她身上，因為：每個人都值得擁有愛情。

♡故事 4：我以後不想再見到他，給我滾！

碩士畢業的阿霞，擁有高學歷及長腿，被男生稱為長腿美人。第一份工作已被獵頭公司發現，高薪聘請做會計工作。阿霞天生讀書能力高，情緒智商比較低，年輕的她跟其他女生一樣，對戀愛及婚姻有憧憬，最後遇上了對她疼愛萬分的男生：程巧良先生。

程巧良並非高大英俊，而是又胖又矮，對阿霞十分細心，阿霞喜歡稱呼他為「胖胖」。

戀人總是喜歡二人相處，相識兩年，胖胖帶阿霞到黃金沙灘看日出，海面泛起陣陣漣漪，他們相抱著看到未來的夢。胖胖在口袋裏拿出一卡裝的求婚戒指，跪在地上：「阿霞，我的心留了一半給你，我等待與你分享我的未來，我的悲傷，我的快樂，我的苦惱，我的美好，願與你共同渡過人生中最燦爛的20000天，請你嫁給我吧！我答應你，我永遠給你最好。」

阿霞被胖胖的誠意感動了，28 歲的胖胖工作收入沒有阿霞那麼高，竟然願意花 10 萬元買了一卡最完美的鑽石作為求婚戒指，阿霞真的很感動。兩人相吻相擁著，在和他的小小世界裏，

阿霞是被保護的小女孩，總是幸幸福福的。

婚後的他們，和胖胖父母住在一起，父母待阿霞如親生女兒般疼愛，相處溫暖融洽。

阿霞很快便懷孕了，全家人都高興歡呼著，胖胖勸告阿霞辭掉會計工作，安心養胎，阿霞答應了，寶寶及家庭最重要。他們誕下了一個活潑可愛、大眼睛的寶貝女兒，幸福的生活變得更幸福齊整。

在女兒詩穎一歲時，惡魔到了他們幸福的家裏。胖胖的隱性病「哮喘」發作，咳嗽、氣促等症狀出現了，阿霞看到心慌，致電呼叫救傷車送去醫院，經醫生診斷後，胖胖服了藥，疲累在病床上睡著了。

阿霞從未見過這樣的胖胖，很傷心難過，醫生說道：「太太，難道你不知道這症狀是哮喘發作嗎？家裏有沒有放些哮喘藥……」，阿霞啞口無言，全不知情，心痛的淚水在眼眶中湧現，心裏默默為胖胖祝福：「多謝神靈保佑，拯救了我親愛的胖胖。」

胖胖出院後，定時服藥，哮喘發作的次數減少了，他坦白跟阿霞說：「親愛的霞，哮喘發作是很痛苦的事，對不起，我沒有對你百分百坦白，我的哮喘病是我家的遺傳病，我自小就知道

我有這個病，但很少發作，我害怕害了一個女生的幸福，所以我不敢談戀愛，直至遇上你，我想完全擁有你一生一世，所以我隱瞞了你，你嫁給我以後，如果哮喘再發作，再告訴你這個真相，請你原諒我吧！」

阿霞明白他的苦衷，胖胖十分疼愛詩穎及自己，相信這是真愛，原諒了他，並告訴胖胖：「往後你要加倍好好愛我及詩穎。」

也許是一種磨練，又或許是一些選擇，甚至是一些挑戰吧！有一天，阿霞發現胖胖的手機裏，正在跟一個女生聊天，裏面有很多男女相愛的話題，最重要的是那幾句：「我們要相愛到底／可以發你的私處相片給我看看嗎？／我想……」時間彷彿停頓了，阿霞呆定了，胖胖跟這女生的對話有另外含意，阿霞自知自己的底線及對婚姻的期望，百般委屈湧上喉嚨，她啞吞了幾下口水，作了七次深呼吸，讓自己平靜下來，相信日子有功，真相一定會出現。

兩個月後，阿霞再次看到胖胖手機裏傳來的訊息，那女人說：「我們約會吧！我忍受不了相思之苦……」

阿霞覺得機會來臨了，偷偷地跟蹤胖胖，眼見胖胖似被色迷般陶醉着，兩人手挽手，走向前面的酒店的房間，阿霞火冒三

丈，急忙打電話給胖胖，胖胖向她說謊言，可能也並不是第一次說謊……

阿霞站在他們的房間內聽著那女人興奮的尖叫聲，無名火起，阿霞大聲敲門，「胖胖，你在裏面，快開門。」平日柔弱的阿霞變成一個女漢子，大力地撞開了房門，眼見他們相擁相吻的親密行為，只可用「捉姦在床」去形容那畫面，胖胖跟那女人慌著，阿霞非常激動，血壓上升，氣得暈倒了！

阿霞睜開眼睛，只見白濛濛一片，再細心看，原來是白色的布簾，這裏應該是醫院，自己躺在病床上，胖胖緊捉她的手，阿霞大力地鬆開熟悉的雙手，阿霞十分激動，立即轉身面向床的另一邊，不想看到胖胖。

「你不用裝傻了，這段時間我發現你和另外一個女人手機上的對話及偷偷約會，現在我親眼看見為實。你不用解釋，我的婚姻裏容不下第三者，我相信婚姻最基礎的是尊重和忠誠，我們結婚已有四年多時間，你連最基礎的元素也辦不到，我怎能再跟你一起走下去？是你背叛了我，我親眼看見你做的一切，我只選擇一生只愛我一個的那個人，也許我在這段婚姻中也有做得不好的地方，並不代表你可以不尊重我，外面藏著女人。」

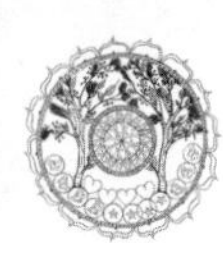

「我們離婚吧！我一輩子也不想再見到你這個壞男人！你滾開！今生今世我不想再見到你，給我滾！」

體弱的阿霞住了醫院三個星期了，情緒仍未平穩，家庭及婚姻治療師曾姑娘來到她的面前，輕輕地說：「明白你在婚姻中經歷了很多傷痛，最痛的是被丈夫背叛及最信任的人跟你說謊言，你很勇敢，你為你自己作出保護自己的選擇，你要繼續好好愛自己，這段婚姻，離不離婚，這是一個選擇，不如你先呵護一下你的內心，你知道嗎？心萬一傷了，無藥可救，心只會慢慢結焦，形成一層又一層的硬膜去保護你自己，心理學上稱為「防衛機制」，因某事某人而產生了防衛意識，最後難以再相信任何人，形成「複雜性創傷」，你也不想一生被情緒困擾，現在你要放下，放下現在的情緒，先好好愛自己，好好吃個豐富的午餐，媽媽在房間門外等著見你，你的家人很擔心你，媽媽親手弄了你最愛的韭菜餃子，請接受我們的愛吧！」曾姑娘一邊說一邊握著冰冷的手，阿霞似乎明白了「愛及當下」的定義。

她擦擦淚水，面露輕微的笑容，「好！我現在要吃媽媽的餃子，其實我肚子很餓。」

這段難過的日子，很多親人給予她無限的支持。

轉眼間三年過去了，阿霞已不再是當初的阿霞，而是一個富養自己，培育下一代的幼稚園好老師。

阿霞成功爭取詩穎的撫養權，雖然詩穎只有五歲，她感受到媽媽的苦與樂。

媽媽很堅強，相信是天使來到媽媽的夢中，為媽媽灑上了魔法金粉，令她更有力量。

媽媽是我們的偶像：「一個勇於追逐夢想，成就他人的女人最漂亮！」

阿霞能夠放下她的丈夫，她作出了一次又一次的冒險，每次看到他們的物件，內心有暗湧，阿霞告訴自己：「有哭有淚是正常的，我包容我自己，讓時間讓我的心慢慢療癒，接受別人及天使的祝福，謝謝所有愛我的人。」

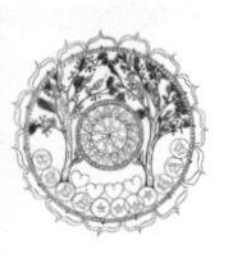

♡故事 5：從此互不拖欠

我們相識一年，人群中相遇，深入了解三個月後同居生活，半年就舉行婚禮了。閃電式的愛情，可說是「因為年輕」。

「年輕不知愁滋味」，我和他從來都不用「愁」我們的愛情令人羨慕，因為夠轟烈夠激情，很多朋友都問我：為什麼這麼快就閃婚了？你有足夠認識對方嗎？也有很多朋友，羨慕我們的愛情。

閃電式的愛情，就像春雨欲來，對方永遠是最好的，我對他一見鍾情，就像前世未愛完，今世再續緣。

愛情故事有美好的開始，男主角叫陳耀南，女主角叫陳靖蕾。因為愛他，我把阿南視為我的全部，他很樂意聽我的意見，因為他夠愛我，可以包容我的任性，把我寵為公主，我們過著輕鬆愉快的簡單生活。

男人總喜歡向上爬，事業高飛，五年後的阿南，經升職成為經理，壓力大得喘不過氣。而靖蕾因為阿南可以養活自己，就天真地辭掉化妝主管的工作，在家裏休養生息。

阿南要養起一頭家，開始有壓力，藏在心底的埋怨越積越

厚，不懂溝通的他每晚回來都是醉醉的。後來阿南變得脾氣暴躁，不喜歡靖蕾凡事管他，決意搬到朋友家中睡覺。

被阿南寵壞的靖蕾激動地說：「我做錯了什麼？你不愛我了？家也不回來！」

阿南回應：「我對你冷冷淡淡，我外面有女人陪我吃陪我喝陪我睡，你懂什麼？」

天真的靖蕾不滿反駁：「我在家等你回來，你找其他女人陪你睡？你有沒有尊重我？我們分手吧！」

阿南說：「我等你這一句說話等了很久了，我會盡快辦理離婚手續，我要跟我心愛的女人結婚！」

女人在愛情裏，永遠都是犧牲品。

閃電式的愛情，因「以為了解而結合」，

卻因「太了解」而分開。

前世欠下你的債，今生已還清，緣來緣去，請勿再相見，你走你的獨木橋，我走我的情侶路，從此互不相干，互不拖欠。

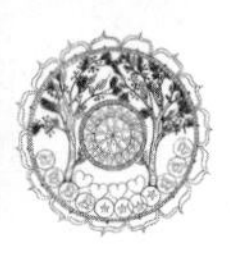

♡故事 6：謝謝你的温柔似水

1993 年，龍小姐是四川人，隻身來到深圳，因為家境貧窮，14 歲被迫外出工作養家，20 歲就到深圳辛勤工作，為的是滿足故鄉爸爸的一個夢想：建三層屬於自己的樓房。

龍小姐的肩膀很寬很厚，她承擔自己及爸爸的夢想，她的夢想很簡單，要嫁給一個愛她的香港人，讓她脫貧。

在深圳打工的日子過得很苦，因為工資太低，總結在深圳賺錢需要一門手藝，龍小姐聰明地選擇加入了美容行業，偷師學藝，將來為自己開一間美容店，自己做老闆。

勤奮的龍小姐為了加快自己繡眉的技巧，每天免費幫朋友或路人繡眉，一年後她成為了小型美容店老闆，在羅湖商業城開了一間美容店，生意人流暢旺，龍小姐忙碌著，每天都忘記吃早餐及午餐。

羅湖商業城裏面有一間賣窗簾的店子，投資這店的是香港老闆韓軒先生，知道龍小姐為了工作，廢寢忘餐，每天都打給她，問她吃過早餐沒有？吃過午餐沒有？記得吃飯。

相處的日子久了，人漸漸熟悉了，感情總會建立起來。龍小姐體會到韓軒對她的好，爸爸的夢想在努力的行動下達成了，

餘下人生她可以好好為自己打算。

韓軒輕聲細語，每天的問候，感動了龍小姐，最後韓軒先生完成了龍小姐嫁給愛我的香港人的願望。

在婚禮禮堂上，韓軒揭起龍小姐的頭紗，親吻後，龍小姐向親朋好友說：「我一個人在深圳生活了差不多十年，我交了很多好姐妹，也認識了韓軒，只有他，在我衝鋒陷陣，在我拼搏冒險的日子裏，每天輕聲細語地問候我，能嫁給韓軒，是我一輩子修來的福氣。」

幸福的日子會越來越幸福，龍小姐婚後很快誕下龍鳳胎，一家四口十分溫馨。

婚後的某一天，他們第一次面對感情上的挑戰。韓軒應酬中認識了一位女性，酒後被朋友錯誤送進了韓軒房間，整晚什麼也沒有做過。

韓軒是一位忠誠坦白的丈夫，對龍小姐實話實說，龍小姐微笑，溫柔地回應：「多謝你的坦白，我相信你，沒事發生就好，女兒哭了，快抱抱她吧！」

由一個人變成兩個人，兩個人變成四個人，韓軒，謝謝你給我幸福，謝謝你愛我。

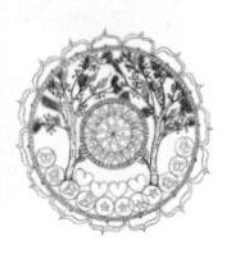

♡故事 7：我等你回來

愛情中有一種傻，即使受了傷害，也單戀著對方。

冰冰是一個簡單純樸的女生，遇上江南，已被他迷人的眼睛吸引著，江南對她展開追求，冰冰十分開心。天真的她認為愛江南，就要把所有最好的都付出給他，包括自己的身體。

甜蜜的戀愛總帶點激情，他們互相付出彼此的第一次，十分深刻。年輕總是帶點幼稚，冰冰發現自己懷孕了，他們有共識，既然他們相愛就把他生下來，組織一個幸福的家。他們找了一個新居，努力賺錢，靜靜地等候孩子出世，等孩子出世後，就計劃在峇裡島舉行一個浪漫而畢生難忘的婚禮。這段日子，對江南而言，是最辛苦最值得奮鬥的一年，冰冰懷孕期長期不適，做飯等家務都是由江南扛上。

江南對冰冰說：「只要你養好身體，我們就幸福，我們過簡簡單單的生活。」

直至有一天，冰冰收到另一個女人的電話，「請你放手，我和江南已經訂了婚，準備在一個月後註冊。」

冰冰不解，立即問江南發生什麼事？

「你懷孕了，我怕你受不住會流產，她是我父母指腹為婚的結婚對象，她很有錢，我並不喜歡她，但是，我被逼要跟她結婚，這樣才可以幫助父母脫離財困。我最愛是你，但是現在沒有辦法，我們還是分手吧！」

「現在你懷孕還未夠三個月，你可以考慮放棄我們的孩子，再調理身體重頭再愛其他人，墮胎的費用由我負責，對不起，我花掉你的青春⋯⋯」江南低著頭，越說就越不捨。

冰冰搬回父母的家居住，父母是懂世故的人，明白他們真心相愛，支持冰冰把孩子誕下來，父母幫手照顧孫子。

三年後，冰冰和江南的孩子長得很俊俏，就像江南一樣，在陽光普照大地的早上，江南回到冰冰的後花園，「冰冰，我最愛是你，謝謝你，等候我回來。」

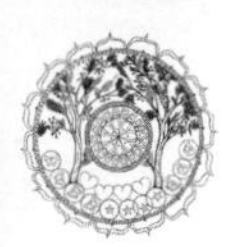

男人，你的名字有擔當

什麼是男人？最重要是「對女人勇於承擔」

承擔力 = 自尊心 + 自信心 + 負責任

勇於承擔的男人，扛得起很多責任，給女人一份安全感，即使只是說一句話，都十分有力量。

他會主動保護你，給你的承諾，永遠兌現。日子相處久了，變為平淡，仍然不失一份安全感，他會撐起整個家。

男人最怕嘮嘮叨叨的女人，男人需要洞穴時間，自己一個人好好靜下來。始終男人跟女人都來自不同的星球，需要好好相處。

男人深藏心底的故事：

♡ 1. 談「仁」

「我包容你任性」

我們結婚多年，我們生下了兩個孩子，一男一女，湊成了一個好字。我在高級酒店當技術經理，我的太太淑君在上市美容公司當分區經理，收入比我高幾倍，工作比我忙碌幾倍，壓力也比我大好幾倍，跟孩子相處的時間比我小好幾倍。

淑君薪高職厚，嫁給我的原因是我孝順父母，有責任心照顧家庭，欣賞我的聰明才智，願意花時間花心思哄她開心。

平凡的日子過久了，淑君性格變得現實，可能因為生活及工作壓力太大，回家後對我發脾氣，我每分每秒都包容她。

有一次，我按捺不住，我們開始吵鬧，她不滿意我收入及職位太低，未能給一對兒女更加好的生活，我認為兒女最重要就是父母陪伴他們度過一個愉快的童年，好好教育他們成才。她反駁，「兒女最重要是升學，要為他們報多幾個興趣班，學習更多才可以跟其他小朋友比拼。」

父母為了孩子可以付出一切，兩年間，淑君晉升成為美容院的總經理，收入大大增加，和我及兒女的溝通變得越來越疏，

而我跟孩子的感情就越來越好。

我和孩子每天一起唱歌跳舞讀書，聽孩子分享每天的新鮮接觸，見證孩子無數歡樂，我的心在笑著。

淑君只給孩子很多零用錢買玩具，投入了很多資源培育孩子成長，有一次，10歲的女兒哭著說：「媽媽只管用錢培育我們，我想媽媽在床邊講故事，陪我睡覺」，我無言，只說：「由爸爸講故事給你聽。」

淑君越來越忙，她要調到澳門長期發展，我不同意她到澳門長期工作，她為了工作前景，沒有理會我的反對。

我們鬧翻了，她偷偷地安排了孩子到澳門重新生活，離開之前的一星期，我才知道她要帶走孩子。我堅決反對，她沒有理會，「我是孩子的爸爸，我會給孩子最好，孩子未夠18歲……」，我拿著孩子的出生信，急忙地申請了孩子的「禁止離港令」。

淑君知道後，情緒崩潰，臉上露出青筋，請求我，「我努力工作都是為了孩子，孩子是我的一切，你知道我的腦袋裏長了一個良性腫瘤，別氣壞我，我太激動，腦袋會爆炸的！」

我望著她可憐兮兮的眼神，眼中快要流下激動的眼淚，我想起我曾對淑君的承諾：「我愛你，包括你的任性。」我跟淑君

作了一個深情長時間的眼神交流，很久沒有這樣正視她，眼神中見到她假裝強悍，轉瞬間，我的心軟了，在她身邊說：「隨你喜歡，孩子永遠跟著你，我會保護你們一生一世，有時間我到澳門探望你，到時你們要歡迎我。」

我作了一個深呼吸，望著兩個乖巧的孩子，他們哭了，「爸爸別離開我們，要跟我們在一起，在一起……」

「乖乖，爸爸沒有離開你們，我們永遠在一起，別鬧了，跟著媽媽吧！媽媽給你更好的教育及成長，媽媽更愛你們……」。

我緊握拳頭，強忍淚水，我跟淑君輕輕點頭微笑，轉身就離開了。

我留下男人的第一滴淚水，「淑君，我永遠保護你，做你喜歡做的事吧！」

♡ 2. 談「癡」

「癡情的男子漢，我永遠守護我愛的女人」

提起癡情，想起癡情女子，永遠放不下一生中最愛的男子。原來，癡情男子比女子更癡情。

俊達經歷了五段愛情，最深刻的是能跟最愛的麗嫦結婚，誕下三個活潑可愛的孩子。他是上市公司的分區經理，平日十分忙碌，作為一位好丈夫及好爸爸，即使很忙，也抽時間跟家人相處。俊達的收入豐厚，麗嫦在家中照顧小孩及把自己打理的美麗大方。他們的財政分配非常好，投資收入也不錯。

最近投資市場暢旺，麗嫦跟投資經紀經常見面，俊達信任麗嫦，所以覺得他們清白。後來麗嫦跟他晚飯的次數越來越多，甚至有數晚沒有回家睡覺，俊達覺得有可疑，偷偷跟著他們，最後發現他的妻子出軌了。他不明白為什麼他這樣努力，仍然會背著他出軌。

麗嫦不作任何回應，只找律師送上離婚協議書，孩子由俊達撫養。

俊達深知自己放不下麗嫦，他比以前更努力，希望日後能再次讓她回心轉意。

「我等了三年，現在我和麗嫦在同一間公司工作，我認識她的男朋友，亦已成為我的朋友，我仍然等著回心轉意。每次看到他們手拖著手，我心如刀割，原本我才是男主角，現在變成陌生人，只要她幸福，即使我只在窗外望着，我也心滿意足。我會維持這個關係，直到她回到我身邊。」

俊達十分堅持，堅守這個信念：「她是我最愛的女人，無論如何，在明在暗也要保護她，照顧她，有時愛好一個人，不需要擁有，靜候也是愛她的最佳方法。這世界上有很多女人，唯獨我只愛她一個。她愛不愛，我已經不重要，她幸福快樂最重要。」

緣分到了一起，緣盡就要放開靜候。

♡ 3. 談「情」

「我對你情不變」

邦哥是一位徘徊在夜生活生意與舞廳的花花公子，每天見盡無數美女在舞池中翩翩起舞，可說是每天見到的美女如雲，所有美女都是一樣，幾乎對女人盲目了。

今天是他七十歲生日，很多老朋友前來為他慶祝，他喝了幾口紅酒，說：「一生在夜場上渡過，一生遇到很多女人，我無法承諾忠愛於一個女人，所以我沒有結婚。我一生風流成性，很多女人跟我說，我懷上了你的孩子，我不會相信也不承認，我一生只有一個私生女，叫龔玥倩，她是我跟最愛女人的愛情結晶品，女人中只有她媽對我真心，把最好的初夜付出給我，令我無法忘記她對我的愛。我知道她很愛我，我無法給她一個安穩的家，我呼喝她，叫她離開我，忘記我，去找她真正的幸福。」

邦哥一邊說，一邊流著眼淚，大男人願意為心愛的女人流淚是難能可貴的。

他再說：「我的心裏，只有玥倩的親生媽媽婧妮，不知道是不是年紀大了，我很掛念婧妮。玥倩自小長得像婧妮，邦哥十

分疼愛她，現在女兒已嫁給一個鐘愛她的男人，育有兩名兒子。」

孫子興高采烈地拍著邦哥的手，指著外面，

「婧婆婆來了，婧婆婆來了！」

四五十年都沒有相見，邦哥喜出望外，婧妮的臉容依舊美麗，只是長多了老人斑及皺紋，身型瘦削，微微駝背，拿著拐杖，慢慢地走過來。

婧妮說：「邦哥，四十年前我還年輕怕事，沒有把自己真正的想法說出來，現在我老了，我知道「愛要大聲說出來」，邦哥，我還有一個願望需要你跟我去實現，你願意嗎？」

「你先說一下，我得要看看我有沒有能力幫你實現」邦哥笑得甜甜的。

「你先答應我吧！」婧妮嗲嗲地說。

「好吧！反正我一定能夠為你實現。」邦哥霸道地說出他的想法。

「我願意跟你建立一個穩定的家，你願意嗎？從此，我們彼此相敬相知，陪伴一生。邦哥，請你成為我的丈夫，在我未來的日子，我唯一的依靠，好嗎？」

婧妮道出了真心，周圍的朋友都附和著，拍著手說：「真難得有一個女人等了邦哥四十年。」

玥倩大聲說：「雖然我已成為媽媽，但是我需要爸爸媽媽，一個完整的家，爸爸快答應吧！」

邦哥豪情地回應：「好！我答應我最愛的你，未來的日子，我戒掉煙酒及應酬，天天跟你一起養好身體，我們要活到一百三十歲。餘生讓我好好愛你。」

愛在當下，邦哥即時跪下求婚，婧妮立即答應了，朋友中有位律師婚姻監禮人，可以即時見證成為法定夫妻，沒有華麗的禮服，沒有美麗的嫁衣，只有一對相愛的人，承諾相愛到老。

真愛，沒有分年齡及身份，要愛就要說出來。

然後呢？

憑著愛，手挽手，心貼心，走向未來……

♡ 4. 談「忠」

「你是我一生最愛」

年輕的鄧耀忠先生是香港紡織業的大老闆，兒時跟隨爸爸到香港生活，18 歲在內地跟青梅竹馬的李秀梅結婚，60，70 年代的愛情及婚姻，靠書信表達情感。他們婚後的書信更加緊密，耀宗日間忙碌打理生意，晚上情話綿綿回覆相隔兩地的妻子的信件。

他一往情深，深愛秀梅，婚後很快地，他們成為兩個兒子的父母，兒子家昌、家朗快樂地成長著。

很不幸地，在第二個兒子家昌 18 歲生日前一天，秀梅遇上嚴重的交通意外，不幸離世。18 歲的家昌在馬路的另一邊，親眼目睹母親被車撞到，頭部流血不止，送進醫院搶救後離世的過程，他靜靜地坐在醫院的櫈子上，一言不發，目光呆滯，幾天也沒有吃飯，精神科醫生告訴耀宗，家昌親眼目睹媽媽意外離世的過程，形成了嚴重的心理創傷。耀宗停下香港手上忙碌的工作，移居到內地照顧兩個兒子。男兒有淚不輕彈，耀宗擁抱著家昌的身體，「媽媽在天上看著你們成長，家昌要振作！」

那些傷心難過的日子，他們留下了無數的男兒淚。耀宗結束了在香港的生意，在東莞靠雙手跟兒子投資蔬菜批發業，至今已成為大型蔬菜批發市場的上市公司主席。

時至今日，耀宗已退休了，「青梅竹馬的妻子離開了我們三十多年，我一直也沒有再娶其他女人，我一生只鍾愛秀梅，我和我的兒子，三個大男人互相照顧，互相體諒，我是孫兒的榜樣，我愛家人、愛事業、對愛忠誠，能守護我的資產，把生意繼承給我的兒子及孫子，才是最愛秀梅的表達方法。秀梅在天上看到兒子成家立室，孫子活潑可愛，相信她一定很高興。」

耀宗望向滿佈繁星的天空，微微笑點點頭，天上有一顆星星，閃耀著光彩，像秀梅回應著耀宗。

♡ 5. 談「義」

「我是有出色的男子漢」

林耀光先生是一位專業改衣的師傅，現時年齡已有 70 歲以上，前妻為他誕下三男一女，現在他兒孫滿堂。

想不到年輕的他，因為過份努力賺錢養活四個小孩一個家，而被妻子看不起，野心大的妻子嫌棄他沒有出息，每天晚上都斥責他：「你是個沒有志氣的人，我後悔嫁給你。」林師傅沒有作任何回應，默默地把四個孩子養大。

忠實的林師傅萬萬想不到，她竟然會背著我跟其他男士偷歡，行為可恥，林師傅十分憤怒，把她趕出家門。

他們分開後，四個孩子跟著爸爸一起生活，林師傅辛勤勞動，像螞蟻一樣，每天父兼母職，挨着挨着，四個孩子終於長大了。

兒女長大後，他們都很孝順，以報答爸爸父兼母職的辛勞。女兒誕下三個孫仔，林師傅見到他們，笑上眉梢，十分滿足。

如今已經七十多歲的林師傅，在某間西裝店里負責修改西裝，有很多老顧客找他改衣服，驕傲地說：「70 歲的我，不願意退下來，我仍然可以靠自己的雙手養活我自己，仍然可以給孫

子零用錢去買玩具，我在家鄉重慶建了一棟三層高的房子，兒女及孫兒都很喜歡陪我回去渡假……這些全部都是靠我的努力安排給我的兒女，看到他們享受我辛勤背後的成果，我的心笑了，我自己一個人，當上了一個最好的「父母」。

而野心大的前妻，年紀也老了，現在孤身一人，年輕時犯的錯，年老時會後悔，林師父感謝她為了林家生下四個可愛的孩子，每逢兒子生日，大學畢業，結婚大喜日子，孫兒滿月……林師傅都邀請她出席，雖然見面沒有什麼話題，孩子心裏都知道，爸爸對媽媽有一份情意，叫做「親情」，另一份送給媽媽最大的禮物，叫做「原諒」。

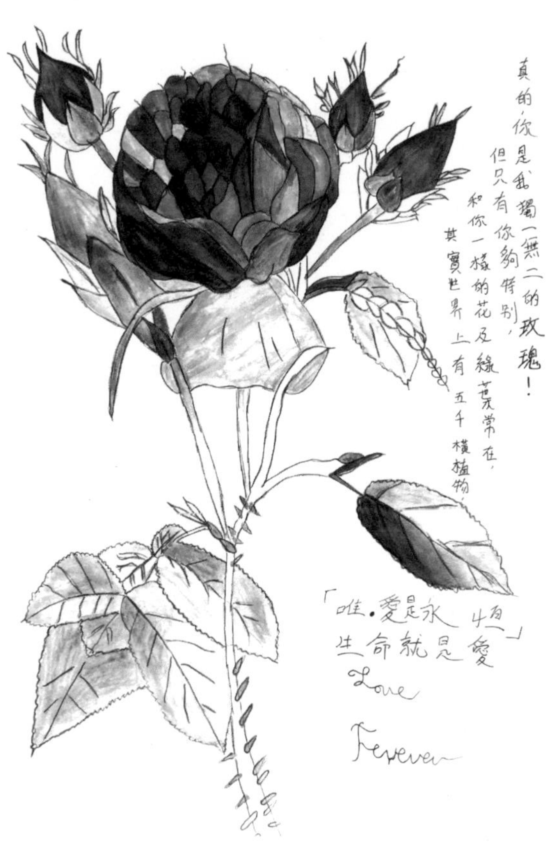
真的，你是我獨一無二的玫瑰！
但只有你夠特別，
和你一樣的花及綠葉常在，
其實世界上有五千橫植物，
「哇．愛是永恆」
生命就是愛
Love
Forever

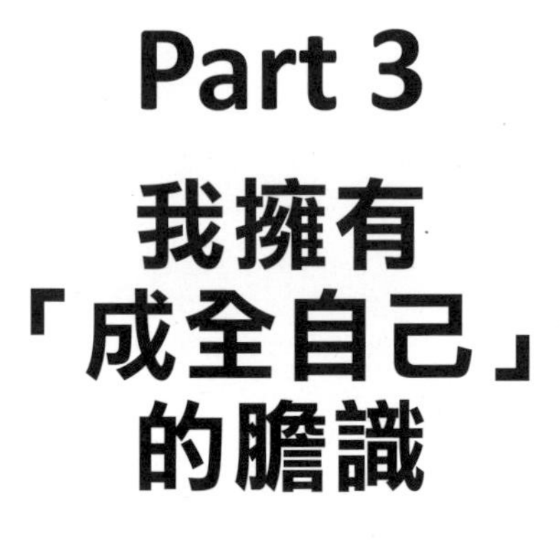

Part 3
我擁有「成全自己」的膽識

女人，值得讚揚，值得歌頌，

值得擁有更好更多的「富成果」——

「夢想和財富」！

尊重女性優越身份

在職場上，難免出現上司或同事因為小事，挑三挑四，大聲罵你的的情況，如果出現不尊重女性的情況，應該立即向公司反映處理。

萬一遇上男同事用粗言去罵你，面部兇狠，看上去有機會想打你，你應立即報告上司，立即離開這公司。

二哥是某汽車公司最出色的銷售人員，愛麗絲是接待處的職員，最近經濟不穩，公司生意差，二哥除了面見客人做銷售外，背後還要處理大量文件。

辦公室經常出現性騷擾情況，大家要好好保護自己，萬一遇上性騷擾，立即向報警求助。

一天早上，二哥突然走向接待處，用手機拍下愛麗絲裙下

春光，並用言語性騷擾愛麗絲，愛麗絲極不願意被他性騷擾，連忙反抗推開，二哥大聲罵愛麗絲，說「我很有錢，今晚你做我的人，你已經不用在這打工了，愚女人！」，其他同事知道後阻止他，說道：「你脾氣暴躁，生意差壓力大，衝動想找女人發泄，去別處，別騷擾愛麗絲。」

愛麗絲覺得自己沒有被尊重，公司沒有重視這事件。愛麗絲辭去這份工作，覺得女性應被尊重。

女人，要活得出色，就要使別人尊重女性這「優越」的身份。

女人的愛情傻點

單身太久，總希望羨慕其他人會有男人疼愛，極度渴望甜蜜的愛情，網絡騙局情人會利用這一點，去尋找一些孤獨的單身女性，騙財騙色。

♡ 別相信網絡情緣會有真愛

我已單身五年了，已經 36 歲了，我的樣子沒有其他女生般甜美，我是一個內向的人，我的生活就是上班下班，然後回家吃飯，我高薪厚職，但是我的生活很乏味，有時候我很想找個人攬攬我。

科技發達，網上情緣非常普遍，我身邊有朋友網上認識了一位男生，有跟他戀愛得很甜蜜，我很羨慕。

我朋友介紹了某個網上情緣的網站給我，大約三個月後，我也找到了一位明白我的男人，我很期待和他有一個好的發展。

經過網絡上的溝通，彼此有初步的了解，他主動邀請我出外吃飯見面，增強彼此間的認識。我十分期待我們的第一次見面。

他邀約我去了一間五星級酒店飯廳，叫了一支 1985 年的紅酒，紅酒味很濃很純，音樂響起輕鬆愉快，我跟他繼續談天說地，氣氛非常好。

之前聽過的網絡情緣，見面後都不歡而散，因為彼此露出了真相，可能男生根本沒有那麼俊俏，或是沒有那麼有錢，或女生沒有那麼美。

但是他，跟他在網上的那個他一樣，他就是網上的那個他，所以第一次見面的印象非常好。

二星期後，我和他很快就熱戀階段，邀請我到他家中作客吃飯，我答應了他的邀請。我也有心理準備，如果真的想有進一步的親密發展，我願意付出給他，反正我只有一次戀愛經驗，同時已經超過五年沒有被男人碰過。

最後我跟他發展了親密關係，他說很愛我，我也很愛他，我覺得自己青春了。

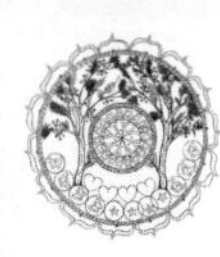

那一天，我們好幾次翻雲覆雨，彼此共赴巫山山頂頂點，是我一生最難忘的一夜。

第二天，我們各自上班，午餐買飯時發現我的二張 Master 信用卡不見了，我急忙打給他，他電話不通，信息也沒有回覆，同時，也立即向銀行報失信用卡。

然後，銀行打給我，告訴我今天用信用卡剛剛在周福金飾店消費了 80 萬，因為之前沒有設定每一筆信用卡交易也有信息發給我，我似乎被騙了，因為我已找不到他，電話停止服務。

我發覺下體有癢癢痛痛的，經看婦科醫生檢查，化驗結果出了，我得了性病，病名叫「尖銳濕疣」，我永遠記得女專科醫生為我做婦科檢查，在我最嬌嫩的大小陰唇皮膚患處治療時，我尖叫！整間診所都聽到我的叫聲，我痛得死去活來，每次去小便，每晚洗澡時只要碰到傷口，「那種痛」，我永遠都記得！

我的痛楚令我連續幾個月失眠，醫治需要好長時間，且難以根治。

我是一個平凡的女生，很少胡亂發生男女關係，想不到我因為「單身太久，生活乏味」，而在網絡上認識騙子，令自己身心受創，還要被人騙了一筆錢。

當女人一個人生活太累，撐得太辛苦，沒有人生目標，沒有建立良好的人脈，就會因為無法忍受孤獨，迷惘時會走上在網上胡亂結情緣的路，在網上認識假意關心你，陪伴你，不排除是有目的的男人，可能因為你在網上談話中透露了你的工作職業及收入有錢，那些男人才會繼續和你交往，目的是騙財及騙色，別上壞男人的當。

女人的愛情盲點

愛情路上，享受甜蜜的女人，往往因為愛情過份甜蜜，令眼睛及內心被蒙蔽，變得不清醒。

當你看到女神被恐怖情人施暴或女明星婚變的事件，無數的祝福頓時變成失落。

女人能明白愛情有盲點，不會被甜蜜沖昏頭腦，避免不必要的傷害。

若有人說你太天真或無知，暗地裏就是告訴你「愚蠢」。

每個人都有自己的身價，身為女人，一出生身價已經比男人高，養育女孩的成本比男孩高。

曾遇過一位有錢人家的大小姐，認識了一位聰明的窮小子，婚後，窮小子當上岳父公司的管理階層，為了娘家面子，買了一

棟二千萬的別墅，豪華的裝飾背後，窮小子和大小姐背上了五百萬的裝修費用及每月需要供養房子。她要照顧兩個女兒，又要辛勤地工作，背後旁人都不明白她為了什麼嫁給窮小子。

如果當初聰明點，找個同樣富有的人家嫁了，結果可能不一樣。

聰明的單身女人，即使戀愛了，如未深入了解，即使他有無數的性吸引力，也不會隨便和他滾床單，發生關係。

男人的世界裏，性佔了45%，所以說「男人有性才有愛」，女人的世界裏，「幸福」佔了50%「女人有愛才有性」，願意發生關係，代表女人願意更多的情感交流。

性慾是與生俱來的，就算捆綁著身體，也無法令它消失。

無數成功的人都懂得運用身心靈合一的方法，把性慾改變形式，轉化為一種心理狀態。成功改變後，你增添了超級創造力，運用創造力，使你成就更大。

運用身心靈合一的方法，宇宙大自然配合你的身體會開始慢慢調和，讓你在愛和性方面的情感，得到平衡。

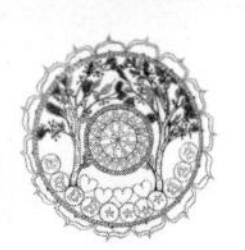

我們可以透過靜觀、繪畫、冥想、音樂、或者提升自己對名、利、權、財富、人生成就，把強烈的肉體慾望轉化為其他的盼望和目標，使自己成為優雅高尚的女人。

女人要有錢，成就女人榮耀人生

女人經歷完一場漫長的愛情風暴後，你需要面對一個人獨自生活，從前播下的種子會長大結果，在愛情及婚姻中，你有沒有為將來儲備數個資產，十分重要。

說到錢，非常現實，有錢可以解決很多生活上的問題，衣食住行，生活開銷。有錢的女人，不需要男人供養，也可以過高級富有的生活，享受奢侈的人生。沒有為未來準備足夠金錢的女人，失去依靠之後，節衣縮食，為未來擔憂。金錢是一個防護網，保護自己的人生，萬一遇上突如其來的事故，有錢解決任何問題。

對於一個職場奮鬥的女人而言，資產及收入是證明她多有價值，銀行户口有錢，就是高級會員，辦理任何手續都不用排隊。

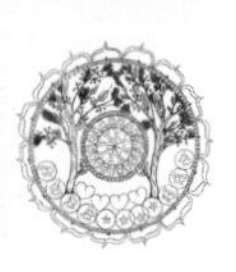

金錢對女人而言，是一種忠誠安全的守護，無論你去到哪裏，金錢都可以陪伴著你，離鄉別井，孤單寂寞，金錢永遠都在你身邊，默默守護你，你可以用金錢去實現一切。

對於一個單身姑娘而言，可以過上體面的生活，細膩肌膚背後離不開要買高級的護膚保養奢侈品；身材玲瓏浮凸背後離不開美容師魔術的手；身心舒暢背後離不開去健身室找健身教練操運動；良好的形象背後離不開高級服裝及高級髮型師設計形象。

只要保持樣貌好看，就會有很多人喜歡你，只要有錢，女人就活得美、自在、有尊嚴，只要懂得投資理財，累積資產，建立被動收入，你的人生絕對豐盛。

試問一下，在日常生活中，你遇到的那些不安、不滿問題，是不是大多數都可以用錢來解決？

新的工作被上司同事辱罵，你有錢，可以立即辭掉工作而不顧後果，並且有很多時間去尋找你喜歡的工作；經過五星級餐廳，自助餐非常吸引，你有錢，可以立即去享受而不需看餐牌上的價錢；你有錢，可以任性，說走就走，去一趟自由自在的旅行；你有錢，可以在自己傷心難過的時候，去最貴的餐廳，吃一個豐富的大餐，點上你最喜歡的菜式，即使一個人吃不完，也不需要

為菜單上的價格細心打量，斤斤計較。

最重要的事，當你面對愛情時，有錢才可以不會因為錢，和誰一起，或者不會因為錢，而選擇離開誰。

有錢可以在你孤獨無依，分手後依舊可以住得起一廳兩房，請工人做飯做清潔，不至於流落街頭，居無定所。

有錢的意義在於你擁有更多選擇的權利，成為你生命中的主人，它能讓你在孤立無援時，為你助威；面對威逼時，為你撐腰。

它令你更接近自己的夢想，用自己努力賺回來的錢去過自己想要的生活，能做一個實現造就自己夢想的女人，是女人一生中最值得去拼搏的事，也是成功女人的典範，更是所有女性一生中的榮耀。

地球上有了女性，改變了一切的運作。女人的溫柔善良，為所有生物添上數之不盡的色彩。女人身體內有了子宮，才可以孕育下一代，新的生命一代傳一代，繼續傳承下去。

女人，值得讚揚，值得歌頌，值得擁有更好更多的「富成果」——「夢想和財富」。

女人要錢脈，也要建立閨蜜

在生活中的每一個細節，每一刻的笑容或淚水，都與「人」有關。我們要好好建立和閨蜜的關係。閨蜜不需要多，總有幾位在身邊陪伴著你，跟你同行，遇上困難一起解決，遇上開心一起快樂。好朋友會為你撐腰，認同你，與你共同努力，如果生日男朋友沒有送花，閨蜜知道你喜歡，會送給你；知道你因為工作過份勞累，會為你送上熱湯。閨蜜是你堅強的後盾，就像家人一樣，非常親密。大家可以在大家家中一起睡覺，去旅行，看日出，你明白我，我也懂你。

大家畢業後，面對工作挑戰，閨蜜立即前來幫忙，幫你一起完成工作；陪伴你一起完成空中瑜伽的高難度動作；結婚時陪伴您一起挑選婚紗晚裝，為你做新娘花球；你找到最愛的另一半，

她比你更雀躍；你失戀失婚墮落，家中有困難，24小時聽你傾訴，陪伴哭泣，支持你開展一個人的新生活。

這些閨蜜，是陪伴你一生一世的好家人，我們要珍惜和她們相處的時光。

因為長大後，你會嫁人，她也會找到一生的幸福。

工作忙碌，婚後未必可以經常見面，珍惜與你一起成長的閨蜜，她們陪伴你經歷所有，伴你走過一生。

男人，愛你，也會背叛你，

閨蜜，懂你，永遠陪伴你。

建立屬於有錢女人的成就列表

成就意思是指成果、成績、成全，是兩個挺有意思的名字。正在看書的你們，有沒有想過自己在人生中有什麼成果呢？

成就是由你決心，用盡全力不惜一切，堅持一定要達到的任何事。成就是你自己覺得自己最了不起，最驕傲的事情。

對你而言，意義重大，學會了某些技能，重返夜校讀書，把患病至親照顧得健康快樂，陪伴別人走出傷痛，經歷創傷後重新振作……這些都是成就。

成就是透過自我期望，創造無數有價值的成功經驗，這些成功經驗會跟著你一輩子，讓你在低谷時，堅守繼續向前的動力。

在你人生中，哪些時刻或事情使你覺得有成就感、滿足感或引以為傲呢？無論是大事小事，都需要列出來，告訴自己是有

價值的人。

例如：你曾經幫過某個人，使她面露笑容；努力完成某個慈善活動；你達到人生中某個重要目標；你成功改變自己的形象；學會了一項自己從未接觸的技能……

現在，請你回想：在你家庭、事業、人際關係、自我發展、健康、財富中列出二十項你的成就，請你挑選其中五項成就，是你認為最深刻的，並思考你為什麼挑選這五項，對你而言意義在於哪裏？

成就 1:

____

____

成就 2:

____

____

成就 3:

____

____

成就 4:

____

____

成就 5:

____

____

當你的整個人生領域成就越多，你的際遇越廣，你的人生就會更美滿完整，能擁有完整的人生，過著努力工作之餘，生活與成功達致平衡，是十分可貴的，值得用一生的努力去達成的。

真的，你是我獨一無二的玫瑰！
但只有你夠特別，
和你一樣的花及綠莖常在，
其實世界上有五千種植物，
「唯．愛是永恆」
生命就是愛
Love
Forever

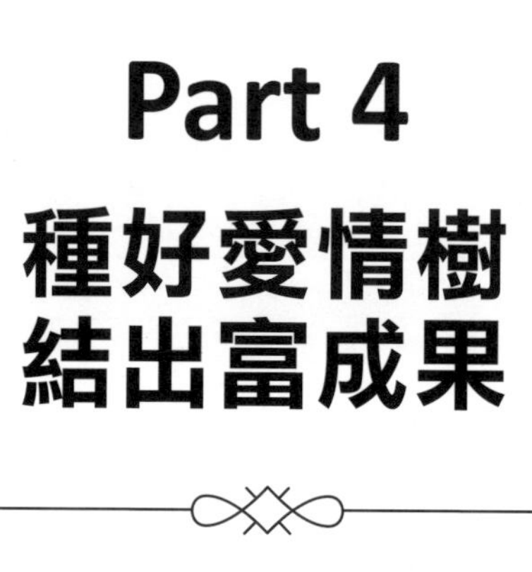

Part 4
種好愛情樹結出富成果

你要相信愛的奇蹟，上天創造萬物，同時，也為每一個人都安排了另外一個人去好好愛他／她。等待遇見，上天會作最好的安排。

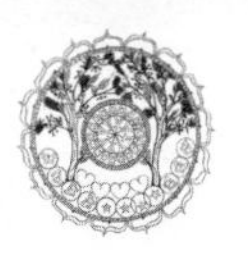

這一切都是修煉愛情成長必經的經歷

經歷使人成長，感謝經歷，使我們有所不同，對世界產生了另類的看法。經歷使我們學到自身不會接觸的事情。

男女愛情的經歷，使人刻骨銘心，難以忘記，傷得太重，愛得越深。

每一段經歷背後都會隱藏著好與壞，視乎你的想法看法，凡事都有正有反，有壞就會有好，這一切都是自身修行。當你經歷完，你會感謝擁有這些經歷，因為有經歷，你比別人跑得快，走得更遠。

某些經歷，經歷過心痛，想忘記也不能忘記，請包容自己，受到愛情創傷，忘記不了就用盒子把那些創傷記憶緊緊鎖上，放在一個你看不到的微小角落，讓過去塵世情情愛愛事件鎖上，好

好準備，迎接未來新的下一段戀愛。過去的事件已經過去，要讓自己走出陰霾。

如果我們把某個過去經歷當作未來生活的借鏡，相信當中肯定有不少誤會與偏見。

過去如風飛逝，未來可期，這一刻是最好的一刻，如果你無法忘掉令你難忘的回憶，請你拍拍自己的手臂、大腿，用雙手擁抱你的心，跟你自己說：「回到現在！現在這一刻是最好的！」讓自己好好享受這一刻的美好時光。可以喝一杯溫水，聽著放鬆音樂，手繪一個曼陀羅靜心畫，跳你喜歡的舞，吃個豐富的下午茶，種植一棵很美的玫瑰花，練習化一個最美的妝容，來一次說去就去的旅行……讓你自己活在陶醉於這一刻。

人生是一場修煉，修練的目的是為了嘗試塵世間的甜酸苦辣，或悲或喜，都是修煉。

那個過去的他，就讓它留在過去。

其實他很普通，是你用你的愛在他身上灑上金粉，他才有所不同。若你不再對他有所感覺，就算他化身「阿拉丁王子」，坐在魔毯上，帶你去遊走天上人間，邀請你去他為你建設的城堡里作客，你只會冷眼嘲笑：

「早知今日，何必當初」

愛需要鍛鍊

「如果談戀愛有天書，那就好了」，如果你不找一個人去鍛鍊，去實踐，就算有天書，都不能令你領悟戀愛的真諦。

沒有人一開始就懂得談戀愛，缺乏戀愛經驗的新手，若不懂戀愛技巧，增添自己的吸引力，遇到對的人，也未必會有好結果。

戀愛經驗是累積的，愛情需要鍛鍊，始終不是獨角戲，需要雙方一起合演，才可以繼續演下去。要鍛鍊的是如何去愛人，如何接受別人愛自己，這是一門很深的學問。

戀愛技巧分門別類，最重要的是戀愛心態。你要相信愛情是美好的，你有了新的期待，才會發生愛情。相處融洽，坦誠相對，發掘共同興趣，要足夠了解對方的性格，才可分辨是否真正

適合自己。

其次是實用技巧，戀愛中的戀人總是想盡快了解對方，請放慢腳步，不用急著由朋友變成戀人，如何告白，如何第一次拖起她的手，用身體輕微接觸確認對方，如何擁抱，接吻技巧等等，都需要找一個人去鍛鍊。

受過傷的你，總害怕再次受到傷害。你只是經驗不足才覺得不適合，好好總結今次的經驗，裝備自己迎接下一次的遇見，你值得擁有真愛。

你要相信愛的奇蹟，上天創造萬物，同時，也為每一個人都安排了另外一個人去好好愛她。

等待遇見，上天會作最好的安排。

做一個愛情的常客

當愛愛得越深，就越難忘記傷痛，傷痛背後包含著無數對那個人的愛及回憶，越想忘記就越難忘記，以為真正放下，又不是放下，這到底是什麼？很多人百思不得其解。人是思想有感情的動物，正如你養一隻貓貓，你都投放了很多時間跟牠玩耍，喂牠吃零食，把牠當為好朋友，何況是一個跟你談戀愛的人呢？

親密關係只屬於你和他，就像「我的肛門長了一粒痔瘡，只有睡在我身邊最親密的人才可以幫我塗上膏藥」。親密關係包含了最私人的性和愛，不能說斷就斷，人的大腦會記住那些深刻與最痛的回憶，隨著時間的洗禮及有了新的回憶覆蓋舊的回憶，才會慢慢淡忘。

或許你不是未完全放下，而是不想放下那些對你人生而言

十分重要及珍惜的回憶。第一次接吻，第一次有身體親密的靠近，第一次深入了解對方的身體，你和他結婚的大日子，跪在父母面前，得到父母真誠的祝福，第一次成為父母的喜樂……這是你的人生因為有了他相伴而變得更精彩，也是陪伴你成長的美好回憶，怎能說斷就斷。

他由朋友變成男朋友，變成你的丈夫，創造你們新的家，你們攜手創造未來，他是你的家人，你也是他家的新成員。在創造過程中，可能出現了偏差或者方向不同，可能會因此而吵架，傷害了彼此的感情。

有些夫妻經常吵嘴依然甜蜜，有些夫妻不吵嘴缺乏甜蜜，夫妻要維持好，最重要是親密關係，因為只有你才能滿足他的性需求。男人會從性愛中表達對女人的愛意，從而得到滿足感。

或許愛得越激烈，就越難忘對方的「壞」。男人最壞，就是背叛了你，違反承諾，愛上第三者。

女人最獨有的就是擁有第 6 靈感，對最親的男人出軌往往有感覺，有蹟可尋，這是上天賜給女人最特別的禮物。當證實男人背叛女人時，女人會十分激動，不相信這是事實，你要清晰自己在這親密關係中的底線是什麼？

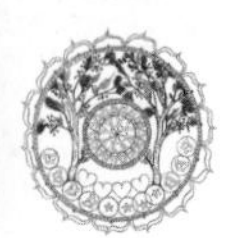

做一個聰明有底線愛自己的女人，尊重自己，你值得擁有一個彼此忠誠相愛的親密關係。如果是戀愛關係，可能你會因超越底線而分手，如果是婚姻關係，女人可能會因為生了小孩而啞忍對方。

背叛的傷害就像一個心，雙方慢慢填上和諧有愛的色彩，填滿後由雙方撕碎，心碎了未必有藥醫治，可以重建你自主的人生，放下一切，重新出發。

一切由愛自己開始，把最好的生活給予自己，可能未必100%放下，放下80%，保留10%某部分甜蜜開心的回憶，畢竟，他曾是你的愛人。

接受他的角色轉變為「前度」，是過去式也過去了，人要活在當下，同時，要靜待另一段感情的開始，愛情裏沒有時間限制，說來就來，每遇見的每一個他，值得珍惜和他相處。

新的感情，新的關係，現在新的他並不是以前那個男人，不會背叛你，因為他沒有必要，所以請好好認識現在的新的一個人，可能會為你創造不同的視野。

你非常值得擁有愛情，因為你願意用心去愛人，相反，你同樣值得享受別人的愛。

　　接受被愛，你會幸福，享受被愛，你更懂得付出去愛人，放下一切，一切從零出發，好好去栽種你的愛情種子吧！

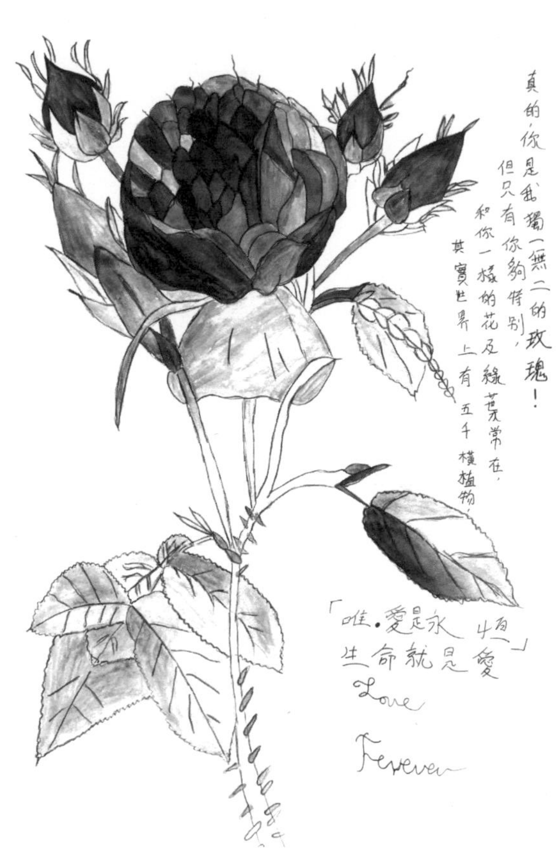

若我你各自安好，就是完整富成果

經歷愛情風暴後，受傷的傷口總會好起來，當然需要一段時間去處理，一般需要兩年左右時間，就可以重生，重新做回自己。往事歸零，大家互相祝福，彼此各自各幸福，就是最好的結局。

這兩年你會痛苦，會傷心，會有心如刀刺的感覺，這是正常的，就讓自己哭吧！想吃就吃，想睡就睡吧！收起以前的舊相片，收藏這段關係的甜蜜，把最值得留下陪伴你走過最青春回憶的片段，把它寫在日記本里，或者把已過去的回憶放在鐵盒里，裝上鎖子，把那寶盒放在一個屬於過去的地方，最好放在不顯眼的地方或者保險箱裏。最後，放下，找回最初的自己。

你期待未來你的白馬王子白雪公主是怎樣的？你未來的愛

情童話是怎樣遇見的？好好想像一下你和未來的他會怎樣？好好慢活，慢慢地遇見真愛。

可能真愛需要三個月，一年，三年甚至更多的時間才能遇見，請別慌張，這段時間請你先好好愛自己，把自己富養起來，讓自己又有錢又有魅力，提升自己的形象，吸引一個更好的他。活好當下的一刻，做自己喜歡做的事，發掘未發現的興趣，發揮自己更燦爛的另一面，享受一個人獨處的時光，給自己完成一個傳奇，一個專業，培養自己多一個新挑戰……

一個人獨處的時光在人生中佔很少時間，因為我們是群居動物，總會一堆堆一群群緊密在一起生活，請好好享受這一個人的時光。

一個人，夜闌人靜，仰望星辰，你帶上伴你左右的音樂盒作伴，在大地上仰望星空，音樂盒聲響起了，音樂盒上的一對戀人手拖手旋轉起舞……

你踏出了你人生最美麗的腳步，一步一步向前走，前面的風景充滿神秘，看不清前面的路，你再向前踏上幾步，看到的風景開始清晰，撥開野草，你看到在人群中，有幾對情侶雙雙對對地交談，你望見這個畫面，心裏不禁酸起來，決定離開這個畫面，

有位金婆婆走過來，金婆婆在你身上微笑，揮一揮魔棒，點一點你的肩膀，你身上長了一對很大很美的翅膀，婆婆祝福你要飛到最高飛到最遠，飛過幽谷，在一個幸福的小鎮裏降落，那裏只有笑容歡樂甜蜜，你遇到你的另一半，緊緊相擁……

你們手挽手，向著前面光明的道路奔跑，心急走向前面，太陽之神一直眷顧你們。

走到甜蜜宮殿，面對這座宏偉的宮殿，滿佈淺藍色，淺粉色的心形氣泡在空中飄起來，有道光閃過你們的身影，你們變成了最美麗的月光王子和星光公主，雙雙坐在大殿的櫈子上，大殿裏正舉辦一個華麗的盛宴，你們就是今晚的主角。

智者為你們及所有來賓，送上一封信及一塊鏡子，信上寫著：「每個人人生的道路也不一樣，某個人認為正確的道路，對另外一個人而言未必正確，請別把你的要求強加在別人身上，請跟隨自己的心，走自己認為正確的路。每個人都需要為自己的行為負上責任，每一段的關係都是學習令你成長變得更睿智的部分。」

如果你聽得懂的話，每一段的關係及經驗都是很有價值，愛的禮物，讓你們活在愛中的禮物。

每一次的痛苦及挫折都值得慶祝，因為你又成長了！你就像接受訓練，戀愛的經驗是你人生中必修的課題，經過修煉，你將獲得更多愛情的智慧，使你的人生變得更豐盛更美好。

現在請你們停下來，停下所有思想，活在當下這一刻，望著鏡中的自己，鏡中的他／她是你一生中最愛，你的心作出一生一世永恆的選擇：「我選擇：無條件愛自己直到永遠。」

智者拖著王子和公主的手：「當你愛自己的同時，也要接受被愛，你一直都很好，很值得別人疼愛，你是宇宙太陽神的孩子，你要欣賞自己脆弱的一面，就像你欣賞你最愛的帶刺玫瑰花一樣美，你要欣賞你的第六靈感，雖然很敏感，卻令你發現了另外一個空間的事實。

你要擁抱你的眼淚，能夠感受到最深傷痛的人，才能夠體驗到人生最豐盛快樂的滿足感。」

當遇到真愛所有的事情都變得不一樣，富含「新」的意義。生命的意義就是「愛」，可影響生命，愛好自己再去愛別人，因為你的愛而改變了他人。

我們可以「憑著愛」「找出出路，找到真我，我們可以化身成為愛的天使，影響身邊的人，為他們送上「一點甜」，他們

笑起來。

愛讓我們尋回初心，繼續實踐永遠愛你守護你的誓言，愛是寬恕自己原諒自己及他人，愛是一顆閃亮的鑽石，觸動人心，愛是永恆存在，一代傳一代……

相信上天總會對我們有最好的安排，生命猶如流水，永不歇息。

培養自己擁有接受被愛及付出愛人的心，種下一棵富智慧的生命樹，讓生命樹開好花，結好果，暢享豐盛人生。

真的，你是我獨一無二的玫瑰！
但只有你夠特別，
和你一樣的花及綠葉常在，
其實世界上有五千種植物，
「哇．愛是永恆」
生命就是愛
Love
Forever

Part 5
再見過去
迎接新關係

原諒自己，

寬恕別人。

說「再見」的含義

「等於徹底地放手」

這是以為一生都可以擁有彼此，卻發現原來彼此只是路過，是珍藏了你的笑容，你的聲音，你熟睡沒有防範的樣子。是珍藏了彼此的幸福甜蜜時刻及彼此對大家的誓言。也是代表了永久要埋葬那些無法挽救的舊傷痕。

從今以後，大家互無虧欠，雖然隱隱作痛，心裏知道要互相祝福。

請感謝愛你的女人，無私地付出及愛你，包容你的最愛：煙、酒、遊戲機，還有一大堆所謂的酒肉兄弟，每晚等你回家，陪伴在你身旁，令你感受過一個「家」的溫暖。

請感謝愛過你的男人，每晚伸出強壯的左手臂，忍耐著血

液不循環的麻痺感，用他的手給你當發熱枕頭，擁抱你入睡，親吻你一萬零一次，天天守在你的身邊，為你付出了最寶貴的「男人青春」。

無論男與女，往後都要好好活下去，分手總有很多理由，別辜負你前度在你身上花過的無數心思，要相信真愛。

原諒自己，寬恕別人，訂立誓約

你為自己訂下誓言：首要專注愛自己。

每一個人愛自己的誓言也不一樣，為何要首先愛好自己呢？原因是要愛好其他人，就要懂得專注愛好我自己，透過表現愛自己，明白怎樣向別人「表達愛」。

以下的誓言可以作參考：

「我發誓，我要愛好我自己！」

「我原諒我自己年輕時對愛情的固執任性，沒有好好看清楚了解對方就毅然跟人談戀愛，以致自己受了很多愛情練習。我原諒過去的前任對我造成的傷害。

從今以後，我要專注愛我自己，愛得真心又感動，別人投以羨慕的眼光，我相信真愛就在我附近，只要令自己過得開心及

快樂，我願意放下所有過去對愛情、對男女的印象與偏見，選擇重新去認識男人或女人，了解男女溝通技巧，我相信我會幸福，我相信我愛自己會為這世界帶來開心的奇蹟，我相信愛自己可以改變我的命運。」

現在，請深呼吸三次，對著鏡中的自己，或者微笑重複地說：

1. 我專注愛我自己
2. 我專注愛我自己
3. 我專注愛我自己
4. 我專注愛我自己
5. 我專注愛我自己
6. 我專注愛我自己
7. 我專注愛我自己
8. 我專注愛我自己
9. 我專注愛我自己
10. 我專注愛我自己

請給自己一個讚賞，把「我專注愛我自己」這誓言成為良好習慣，無論任何時候，你都可以在心底裏說出「我專注愛我自己」，從而建立良好的正面心理狀態及行為習慣，繼而跟身邊朋友分享愛自己的好處，令更多人懂得愛自己，為世界帶來強大而有愛的力量，活出自信真我之餘，也創造了有愛的世界。

寫給未來的信

時間：　　　　日期：

簽名：

承諾　兌現

我迎接新的遇見～懂我愛我的靈魂伴侶

每一個人都會有新的遇見，遇到就請你珍惜，也請你珍重自己，珍惜宇宙創造了在這世界上獨特的你，你是一顆最完美的鑽石，閃耀光彩是你的使命，照耀人群是你的責任。

我們以你為傲，以你為榮，很多人都愛着你守護你，從來你也不是一個人去生活。

重要的事要多說數次，現在，請你重新選擇，你只需：

1.「停」下來，讓自己停止任何念頭
2.「望」清楚前面的路
3.「選擇」哪一條是你覺得最正確的路
4.「行動吧！」一步一步向前走，走向未來幸福的路。

當你相信，整個宇宙會給你最好！

記住：好好愛自己。

愛你的人上

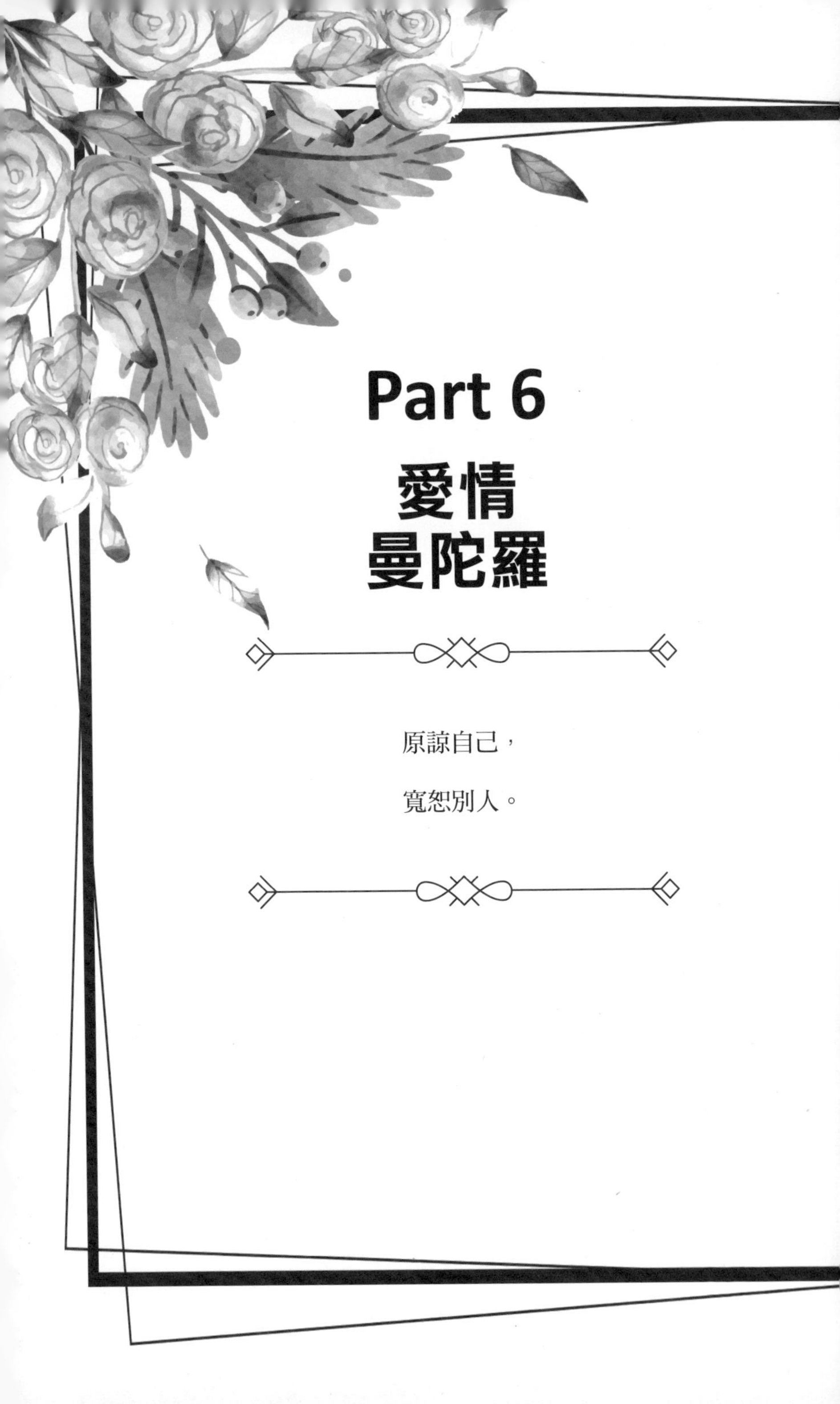

Part 6
愛情曼陀羅

原諒自己，

寬恕別人。

曼陀羅神奇力量

豐盛有智慧的人生源於「靜心」，靜下來觀照自己，觀照世界，你的內心小孩就會發出微小的聲音，告訴你一些小秘密，你就會得到小啟示，讓你的人生有所不同。

靜心的最佳方法是繪畫曼陀羅及每天做 15 分鐘冥想，感受寧靜下的力量。

2021 年我出版了第一本書：

《送給你，愛的奢華禮物》

內頁有二十多個親自手繪的主題曼陀羅，大家可以感受入面的內容，閉目深呼吸，抽出其中一幅畫塗上不同的顏色，透過這個過程，可以得到靜心。

如果大家有細心看這本書，你會發現 2022 年的第二本書每

一頁都包含了生命之花及生命之樹的圖案，象徵生命如樹一樣，无懼風吹雨打，茁壯成長。

同時，本書添加了我親自手繪最新的愛情曼陀羅，祝大家靜心放鬆後，遇上愛情，過着豐盛有智慧的幸福人生！

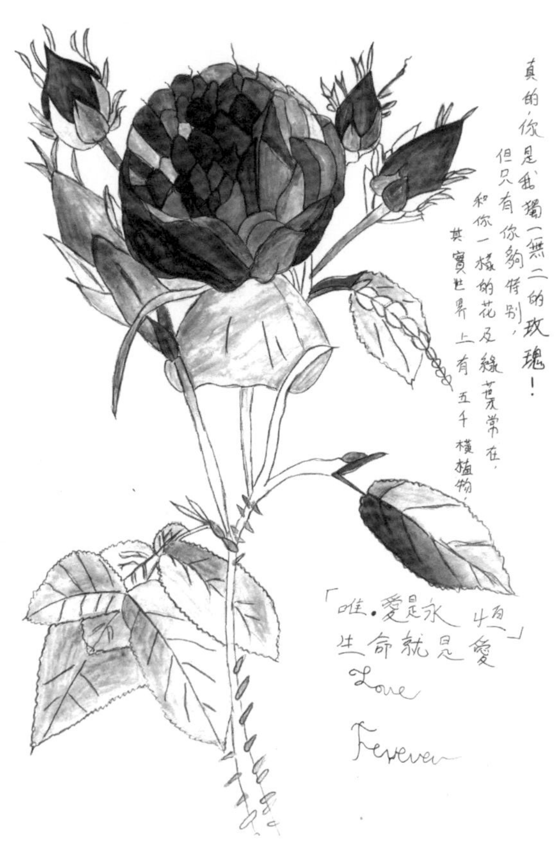

生命之花，愛是永恆

你要相信：「生命就是愛」

溫情曼陀羅

願你擁有无限的溫情，
時刻感到猶如一杯温水的柔和。

心靈曼陀羅

你的心靈清淅透亮，發光發熱，
你的夢想，值得去實現它。

平安曼陀羅

願你的內心擁有无數的平安寧靜，
內心小孩快樂地成長。

健康曼陀羅

祝你身體、內心、靈魂健康快樂。

和好曼陀羅

過去並不代表將來，把經歷當鍛鍊，願你一切歸零，
與內心真正的自己和好如初，重新開始。

種子曼陀羅

凡事學懂播上好種子，用心灌溉，
自然會長出好果實。

生命樹曼陀羅

有樹才有果，好好栽種你的生命樹，淋水施肥，
使它根部越來越強壯，你的生命將更精彩。
凡事從底層根源入手，問題自然會真正解決。

奢華曼陀羅

奢華並不代表奢侈，好好生活，
定時送給自己一份小禮物，你值得加許。

後記：關於作者

「感謝愛我的人及我愛的人」

我用了 9 個月時間去創作這本新書，能夠成為作家，我靠的是「我相信每一個人都可以擁有真愛，愛好自己，活在愛中」的執着及我擁有成全自己夢想的堅持，堅持努力寫下去。

當看到我的原稿紙創作了一頁又一頁，訪問了一個又一個的愛情故事作為借鏡，我覺得所有的堅持都是值得的。

1. 感謝所有愛我的人及我愛的人，讓我自己成為活在愛中，幸福的女人。
2. 感謝接受我訪問的所有真實遇到愛情創傷故事的男女主角，毫无保留地把自己真實的遭遇告訴讀者，感謝你們讓其他人在經營愛情道路上變得聰明有智慧。

3. 感謝恩師：

   亞洲企業家教練 Yersir 鄭海名

   五字零學 May Mok

   本源心理學 EVO 156 Polo Sir

   德育傳承總教練：劉導

   HKITC 新時代靈感課程講師 Helmut Chan

4. 感謝所有贊助我出書的人，謝謝你們支持我一起實現男女平等的願景。

5. 感謝我的同行者：利 Sir，譚 Sir，鄭生，李瑞蘭，周梓賢，張浸權，EVO Captial Maggie，EVO 156 Buddy 們

6. 感謝我的父母及兄弟姊妹无形的支持及付出

7. 感謝疫情下我的好經理 Vincent Ho 對我的工作及堅持寫書的支持

8. 感謝我的好同事，特別是 Cat, Andy, Steven, Max, Anson, Eddy, Nelson, Harry, Henry, Ray, Jason, Connie, Patrick, Ronson, Gilbert, 阿 K，多謝你們提供了對愛情的看法及在工作上的提點及包容。

9. 最後感謝我自己，善用時間，看好書，寫好字，用金錢換證書，用知識實現自己的作家夢。

別人的愛情看法：

「問世間情為何物？直教人生死相許」

Andy Cheng

「有時候你要愛好一個人，並不需要擁有，她幸福就好」

Steven Leung

「女生要勇敢，撐起自己一片天，好好生活，敢於拼搏，勇敢地向夢想進發」

Cat Chan

「即使你現在十分幸福，也要有危機感，女人要懂得為自己的未來籌謀打算，女人一定要有錢，養活自己及家人」

Miu Wong

「女生年輕青春當然很美很漂亮，我是美男子，自小受很多女生歡迎及追求，當我長大成熟後，需求變得不一樣，底子里男人要的可能只是一個陪伴安穩組織家庭，共渡餘生的女人」

Max Chan

「我外表粗魯，比較內向，每逢提到情人節，聖誕節，我要花盡心思，請教同事送什麼禮物給我的女朋友，安排什麼節目讓她難忘，我對女生只有細心及數不盡的溫柔」

Nelson Chow

「挑選男生，除了看外表，還要看他的家庭背景，工作職位，收入來源及資產，嫁了一個收入一般的男生，可能要跟他捱日子，嫁了有錢的男生，外貌可以整容」

Jason Tam

「我們的愛情成果就是我和太太結婚後，太太是普通的家庭主婦，我的父母及已婚的兒女經常到我家吃飯，感受我們這個『家』的溫暖」

Ray Chan

本書部分收益用作慈善用途，期望幫助更多受創傷的男女，謝謝大家進入黃金書．屋，祝大家擁有更多愛情智慧！

作　　者｜曾結儀（婧的公主）
書　　名｜完整愛情富成果（上）
出　　版｜超媒體出版有限公司
地　　址｜荃灣柴灣角街 34-36 號萬達來工業中心 21 樓 02 室
出版計劃查詢｜（852）3596 4296
電　　郵｜info@easy-publish.org
網　　址｜http://www.easy-publish.org
香港總經銷｜聯合新零售（香港）有限公司
出版日期｜2022 年 7 月
圖書分類｜心靈勵志
國際書號｜978-988-8806-01-0
定　　價｜HK$128

Printed and Published in Hong Kong